LES HOMMES PRÉFÈRENT LES GARCES

Frédéric Ploton

Les hommes préfèrent les garces

Journal d'un garce addict *repenti*

•Marabout•

À toutes les garces de ma vie, sans qui je ne serais pas l'homme que je suis aujourd'hui...

Sommaire

PRÉLUDE

Ce livre n'est pas un guide. Ici pas de recettes, pas de conseils miracles, pas de « tuyaux » de bonnes copines à dégainer à tout bout de champ. Néanmoins, avant de nous lancer dans l'auscultation de nos amies les garces, et des effets qu'elles produisent sur la gent masculine, il nous semble nécessaire de nous livrer à une petite expérience pratique : la détection de garce(s) !

Pour vous, en exclusivité mondiale, voici donc le premier GARÇOSCOPE, détecteur automatique de garces.

Madame : vous vous demandez si vous êtes vraiment une garce ? Malgré tous vos efforts pour manipuler votre homme, vous doutez être parvenue à ce statut envié ? Demandez à votre cher et tendre de poser son index sur le cercle ci-après en lui faisant valoir qu'il s'agit d'un test propre à mettre en valeur l'amour qu'il vous porte. Trois solutions :

1. il accepte sans discuter et vous raillez sa crédulité : vous êtes une **emmerdeuse** ;

2. il rechigne et vous insistez lourdement, n'hésitant pas à user de chantage affectif ou sensuel : vous êtes une **chieuse** ;

3. sentant le traquenard, il refuse. Vous vous insurgez, allant jusqu'à le soupçonner d'avoir quelque chose à se reprocher : vous êtes de toute évidence une **garce** !

Posez l'index
au centre de la cible

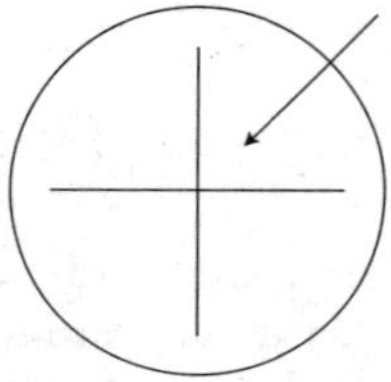

« Garçoscope »

INTRODUCTION
MALADES... ET FIERS DE L'ÊTRE !

Quand je m'ennuie la nuit – je suis sujet à de fréquentes insomnies –, j'aime bien feuilleter les livres américains de développement personnel. C'est manichéen à souhait. Les hommes y sont ceci, les femmes cela, tout le monde est gentil et c'est toujours l'écoute de l'autre ainsi que l'amour qui gagnent à la fin. En bref, et si l'on n'y réfléchit pas trop, c'est merveilleux. Si ces livres sont tellement plaisants à feuilleter distraitement, c'est bien parce qu'ils sont scénarisés comme une comédie romantique avec Sandra Bulloch et Hugh Grant. Tout peut se résoudre. Non d'ailleurs, tout DOIT se résoudre. La vie n'est conçue que comme un parcours sportif où chaque obstacle est pile à la bonne hauteur pour être franchi par les plus empotés d'entre nous. Il suffit de le vouloir et, puisqu'on a dépensé quelques euros pour ce fichu bouquin farci de contrevérités et d'approximations, il est entendu qu'on le veut...

Ces livres qui me rassurent la nuit, à ces heures terribles où l'angoisse est palpable et où l'esprit recherche le confort et la facilité, ont juste deux minuscules défauts : ils sont écrits pour être vendus (et surtout pas pour être appliqués à la lettre) ; ils sont écrits par des auteurs plus névrosés encore que vous et moi. Mais, alors que nous dépensons chaque année des fortunes chez notre psy à comprendre pourquoi

« Sophie nous emmerde » ou pourquoi « Jean-Michel a quitté le domicile conjugal pour la cinquième fois », ces auteurs en gagnent (des fortunes) à nous donner des conseils qu'ils seraient bien en peine d'appliquer eux-mêmes. Comme si notre attachement à celui ou à celle que nous aimons, le plus souvent douloureux, était une mauvaise grippe qu'il s'agissait de guérir ou un mauvais penchant qu'il s'agissait de corriger.

Je vous fais donc une promesse dès maintenant : je ne vous donnerai aucun conseil que je n'aie testé sur moi au préalable. D'ailleurs non : je ne vous donnerai juste AUCUN conseil pour tenter de vous réformer. Est-ce que l'on cherche à convaincre un toxico de décrocher par la parole ? A-t-on jamais converti un alcoolique à l'abstinence par quelques arguments bien sentis ? Évidemment, non. Car, si vous avez pris ce livre en main, ce n'est pas juste pour régler les éternels problèmes – qui doit descendre les poubelles, ou madame a la migraine ce soir. Non, si vous avez eu l'idée de saisir ce livre au milieu des rutilantes promesses de mes collègues d'outre-Atlantique, c'est que, homme ou femme, vous êtes un GRAND MALADE.

Et vous savez quoi ? Il y a mieux encore : c'est sans doute la meilleure nouvelle de l'année. Moi je ne vous dis surtout pas : « Soignez-vous ! » Je me réjouis (pour vous) de votre mal. Moi je ne vous promets surtout pas une quelconque guérison. Je n'espère qu'une chose : que vous compreniez de quoi vous « souffrez » et que vous n'en aimiez que plus encore l'origine de votre affection (dans les deux sens du terme). Car, croyez-le ou non, que vous partagiez la vie d'une GARCE ou que vous soyez vous-même une GARCE authentique, c'est probablement la plus belle chose qui vous soit jamais arrivée. J'ai bien dit la plus belle. Pas forcément la plus facile à gérer au quotidien.

Hélas, les garces sont rarement livrées avec un mode d'emploi. Alors pour assumer pleinement votre statut de garce ou d'accro aux garces, je vous propose ici quelques clés essentielles. Vous allez comprendre pourquoi et comment il n'y a pas plus puissant ciment pour le couple que la « garcitude » bien maîtrisée. Vous allez enfin, les garçons, accepter ce penchant (coupable) à n'être attiré que par celles qui vous en font baver des « ronds de chapeau ». Vous allez enfin admettre, les filles, que maltraiter votre homme n'est pas juste un petit plaisir puéril et sadique, mais bien l'expression la plus aboutie de votre féminité.

Les hommes préfèrent les garces ? Ce n'est ni un regret ni une lamentation, bien au contraire ! Il y a de plus en plus d'hommes qui sont le jouet de plus en plus de garces. Alors dansons sous les griffures, rions sous les morsures, réjouissons-nous tous ensemble, hommes et femmes, que le féminisme et la modernité aient accouché de concert de ces comportements sauvages qui fouettent les couples autant qu'ils les aimantent. Là où l'on cherche sans cesse à nous appliquer un baume soi-disant apaisant, je pense, au contraire, qu'un trait de citron vivifiant sur nos plaies est nécessaire. À la molle opposition qui prévaut dans la plupart des couples et conduit le plus souvent au délitement progressif, nous préférons mille fois la substance « dure » (et licite) de cette nouvelle forme de passion amoureuse.

Nous aimons nos garces et elles nous le rendent mal, comme il se doit. En un mot : vive nos garces !

CHAPITRE 1
À QUOI RECONNAÎT-ON LES GARCES ?

Évidemment, rien n'est aussi simple. S'il suffisait d'un doigt négligemment posé sur un livre pour révéler le caractère de nos contemporains, mon éditeur et moi-même aurions fait fortune depuis longtemps. Et je vous rassure, ce n'est pas le cas !

Alors que je préparais cet ouvrage et que je collectais informations et témoignages sur les garces, je fus saisi par un constat pour le moins déconcertant : les garces ne se revendiquent que rarement comme telles. Pour tout dire, la plupart des garces sont de véritables demoiselles Jourdain de la « garcitude » et, de fait, « garcifient » sans le savoir. J'ai même interrogé certains spécimens manifestes, que tout leur entourage s'accorde pourtant unanimement à qualifier de la sorte, et j'ai dû à mes jambes que l'interrogatoire ne s'achevât en un furieux jeu de mains. Les garces, semble-t-il, récusent le terme dans leur immense majorité ; le mot lui-même, mais aussi l'énorme valise de connotations diverses qu'il traîne derrière lui comme un boulet.

Ces réactions épidermiques – et pour tout dire très « garces » dans l'expression de leur violence à peine contenue – soulevaient une première série de questions passionnantes : pourquoi le terme de « garce » est-il, en apparence, si péjoratif? Est-il de ces qualificatifs qui, progressivement, perdent de leur noblesse et virent étrangement à l'injure? Ne peut-on plus de nos jours employer les substantif et adjectif « garce », comme il est devenu imprudent d'user, par exemple, du mot « nègre » (alors même que le concept de « négritude » a longtemps été brandi par les intellectuels noirs eux-mêmes – blacks comme on dirait aujourd'hui – comme un étendard) ?

À la recherche de la première garce

En clair, la « garce » est-elle juste un mot passé de mode pour évoquer un caractère éternel (chez certaines femmes), ou est-ce au contraire une forme émergente et spécifique de la féminité, un concept en soi, lequel serait si difficile à assumer ?

Comme il n'existe à ma connaissance aucun « historien des garces » ou des psycho-socio-pathologies féminines, il est difficile d'établir une véritable généalogie de la « garcitude ». Nous verrons plus loin comment notre époque a permis un essor spectaculaire des garces, mais il est néanmoins permis de penser qu'elles ont existé de tout temps.

La première hypothèse qui me vint à l'esprit, cela ne vous étonnera pas, était sexuelle. Les femmes avaient bien droit, depuis trente ans, de clamer haut et fort leur droit au plaisir, à l'*orgasmus ininterruptus*, mais il était totalement interdit aux hommes de leur renvoyer ce miroir sous la forme de vocables réducteurs. En quelque sorte, à leurs yeux outrés, « garce » ne devait pas valoir beaucoup mieux que « salope », « pétasse », ou tous ces autres qualificatifs en « -asse » qui ont fleuri au cours de ces mêmes décennies. Je vous renvoie aux œuvres complètes de quelques comiques français de référence, au vocabulaire policé et à la subtilité académique, pour en consulter une liste exhaustive (en vrac : Jean-Marie Bigard, Franck Dubosc, Laspalès et Chevallier, etc.). Si les hommes aimaient tant traiter les femmes de « garces », c'est donc que ce terme devait exhaler ce parfum canaille de sexe facilement consenti. Et si les femmes rangeaient le mot sur le même rayon que « pétasse » ou « chaudasse », ce devait être en vertu de ce grand écart conjoncturel entre l'expression de leur libido et l'expression tout court.

Je n'étais moi-même qu'à moitié convaincu. Tout d'abord parce que les « garces » que je connaissais ou celles qui m'étaient désignées par des tiers n'arboraient pas nécessairement des attributs (physiques ou vestimentaires) permettant de faire ce raccourci bien pratique. Ensuite, parce que je sentais bien confusément, armé de ma seule et modeste intuition que la garce se caractérisait moins par une attitude physique ou une apparence donnée (quoique !) que par un ensemble de comportements bien spécifiques. Contrairement à sa consœur, la « salope », la garce me semblait moins vivre dans le paraître que dans l'être. Voire dans l'action.

Tout cela vous semblera bien futile, mais le point n'en est pas moins essentiel, à ce stade de notre enquête au pays des garces. Si la « garce » l'est par essence, si elle se définit plus par son être, par ses manifestations spontanées, parfois enfouies, que par ses tentatives pour paraître comme telle, si enfin elle s'ignore en tant que garce..., c'est donc qu'être garce relève d'un processus de construction inconscient que l'intéressée ne maîtrise pas. On peut choisir d'être une salope ; on devient garce à son insu.

Je me méfie pourtant de ces oppositions simplificatrices. C'est justement elles, rappelez-vous, que je cherchais à fuir en m'attaquant de la sorte aux garces et à leurs hommes « soumis ». Pour étayer cette première impression, il me fallait descendre plus profond, comprendre comment le mot d'une part, le concept d'autre part cohabitaient à travers le temps.

J'ai donc fait comme tout auteur français qui se respecte, je suis allé fouiller du côté de l'étymologie. Non que je prête à l'origine des mots des valeurs explicatives universelles, mais cela est bien utile, parfois, pour savoir quelles étaient les intentions premières d'un vocable. Si l'on ouvre un dictionnaire étymologique à « salope », ni doute ni ambiguïté ne sont possibles. « Salope » serait un composé, formé au XVIIe siècle, des mots « sale » et « huppe », lequel désigne un oiseau réputé pour sa saleté chronique. Par extension, la contraction salhoppe, ou salope, aurait désigné les personnes particulièrement cradingues, mais aussi les femmes de petite vertu. Salope = femme sale et de mœurs légères. CQFD.

L'origine du mot « garce », pourtant fort explicite, laisse nettement plus songeur. Jusqu'à la fin du Moyen Âge, « garce » n'est rien moins que le féminin de gars, et désigne toute jeune fille, quels que soient sa qualité et son rang – et ce, sans aucune connotation péjorative particulière. Ce n'est que très progressivement, alors que le mot « gars » lui-même s'efface du langage courant au profit de « garçon », que « garce » prend sa signification officielle encore en vigueur : « Femme, fille méchante, désagréable ; chipie » (Larousse, 1996).

Mon Dieu ! mais qu'était-il donc arrivé aux « garces » de France pour devenir ces femmes mues par des intentions en apparence si peu louables ? Comme aurait dit une certaine publicité pulpée, pourquoi sont-elles devenues si méchaaaannnntes ?

Tentative de classification lexicologique des femmes pénibles (selon des critères masculins, évidemment)

Je ne suis bien sûr pas le premier à perdre mon latin et mon vieux français dans cette forêt de mots utilisés, principalement par des locuteurs masculins, pour qualifier ces femmes qui « pimentent » (doux euphémisme) leur quotidien. Le fait même qu'il existe autant de termes différents est en soi un aveu d'incompréhension et d'impuissance. Quand les femmes échappent à l'image (pour ne pas dire l'« usage ») que les hommes se font d'elles, ils s'empressent de leur coller une nouvelle étiquette. Or, que signifie celle-ci, si ce n'est l'incapacité à analyser, à gérer et à maîtriser ? Les hommes ne déchaînent jamais autant leur vocabulaire « misogyne » que lorsqu'ils s'inquiètent ou s'effraient d'un comportement féminin, à leurs yeux inexplicable. On prendra pour référence les noms d'oiseaux dont furent affublées les premières féministes, des « suffragettes » aux « garçonnes ».

Dès qu'une femme manifeste le moindre mouvement de rébellion ou d'indépendance, le moindre signe d'autonomie qui rend par là même caduc le rôle traditionnel de l'homme, celui-ci éprouve le besoin de circonscrire ce phénomène par un mot qui lui semble approprié. En limitant ainsi ce comportement à un groupe nommé, identifié, il pense naïvement endiguer ce débordement féminin et, par conséquent, la perte d'influence qui en résulte pour lui. Il y aurait, par exemple, les « salopes » d'un côté, un groupe connu, cerné, et bien évidemment minoritaire, et de l'autre l'immense majorité des femmes, supposées convenables. Drôle de penchant masculin à se « payer de mots », comme on dit, à occulter ce que l'homme ne comprend pas et qui le déstabilise un peu par un terme destiné en principe à stigmatiser le groupe en question.

Mais si les hommes ont cette tendance fâcheuse à jouer du pouvoir coercitif de certains mots peu amènes, ils n'en ont pas l'exclusivité. Certains termes sont suffisamment entrés dans le vocabulaire courant pour être employés par des femmes ou des hommes de tous âges.

J'évoquais plus haut des précédents ; il en est un fort célèbre, en l'occurrence signé Georges Brassens, qui parvient à mêler tout à la fois cette incompréhension chronique des hommes face aux femmes « rebelles » et une bonne dose d'autodérision quant à la manie d'entomologiste qui consiste à les classer. Pour mémoire, voici donc quelques phrases (musicales) de *Misogynie à part* :

Misogynie à part, le sage avait raison
Il y a les emmerdantes, on en trouve à foison
En foule elles se pressent
Il y a les emmerdeuses, un peu plus raffinées
Et puis, très nettement au-dessus du panier,
Y a les emmerderesses.

La mienne, à elle seule, sur toutes surenchérit
Ell' relève à la fois des trois catégories
Véritable prodige
Emmerdante, emmerdeuse, emmerderesse itou
Elle passe, ell' dépasse, elle surpasse tout
Elle m'emmerde, vous dis-je

Sommes-nous revenus à des considérations bien au-dessous de la ceinture ? La question se pose à lire les deux derniers refrains signés du barde sétois et moustachu :

Elle m'emmerde, elle m'emmerde, à la fornication
Elle s'emmerde, elle s'emmerde avec ostentation
Elle s'emmerde, vous dis-je
Au lieu de s'écrier : « Encor ! Hardi ! Hardi ! »
Elle déclame du Claudel, du Claudel, j'ai bien dit
Alors ça, ça me fige

Elle m'emmerde, elle m'emmerde, j'admets que ce Claudel
Soit un homme de génie, un poète immortel
J'reconnais son prestige
Mais qu'on aille chercher dedans son œuvre pie
Un aphrodisiaque, non, ça, c'est d'l'utopie
Elle m'emmerde, vous dis-je

Mais quittons les plaisants comparatifs du poète et tâchons de faire œuvre scientifique. Après avoir écouté nombre de femmes et d'hommes employer ces charmants qualificatifs, j'ai voulu dépasser les *a priori* masculins et, selon les avis des deux sexes, classifier de la manière la plus rigoureuse possible les mots dépréciatifs employés à l'encontre des femmes. Le but étant, évidemment, de parvenir à situer les « garces » dans leur contexte et, par l'étude de cette « concurrence » lexicale, de définir en creux ce que sont les garces d'aujourd'hui.

J'ai ainsi retenu douze termes parmi les plus employés dans le langage familier actuellement en vigueur.

	Virulence	Caractère sexuel	Se traduit plutôt par...	Bêtise supposée	Malignité supposée	Statut choisi ou subi	Synonymes
Capricieuse	1/5	0/5	Comportement/ Expression	2/5	2/5	Choisi	• Lunatique • Enfant gâtée • Princesse
Râleuse	1/5	0/5	Comportement/ Expression	1/5	2/5	Choisi	Pénible
Chipie	2/5	0/5	Comportement/ Expression	1/5	3/5	Choisi	Asticoteuse
Bimbo	2/5	2/5	Apparence/ Attitudes	5/5	0/5	Subi	• Cagole • Cagolasse
Conne	3/5	1/5	Comportement/ Expression	4/5	3/5	Subi	• Andouille • Neuneu • Nouille
Emmerdeuse	3/5	0/5	Comportement/ Expression	3/5	2/5	Choisi	Casse-couilles

	Virulence	Caractère sexuel	Se traduit plutôt par…	Bêtise supposée	Malignité supposée	Statut choisi ou subi	Synonymes
Chieuse	3/5	0/5	Comportement/ Expression	3/5	3/5	Choisi	Casse-couilles
Garce	0/5	3/5	Comportement/ Expression	2/5	5/5	Subi	• Punaise • Mauvaise
Pétasse	4/5	3/5	Comportement/ Expression	3/5	3/5	Subi	Morue
Pouffiasse	4/5	4/5	Apparence/ Comportement/ Expression	4/5	3/5	Subi	Grognasse
Salope	4/5	5/5	Apparence/ Attitudes/ Comportement	4/5	4/5	Choisi	Chaudasse
Pute	5/5	5/5	Apparence/ Attitudes/ Comportement	4/5	4/5	Choisi	• Putasse • Chiennasse • Cochonne

Les divers scores et appréciations sont le fruit des entretiens menés avec mes quelques cobayes. Il est à noter que, selon les tranches d'âges et les catégories socioculturelles, mais aussi en fonction des parlers et des particularismes locaux, ces éléments d'évaluation peuvent changer de manière notable. N'en demeurent pas moins les tendances lourdes, qui suivent.

La capricieuse

Elle est perçue avant tout comme une enfant gâtée, une femme souvent encore jeune, qui a tendance à faire tourner son petit monde en bourrique, en fonction de ses humeurs, évidemment changeantes. Sa nocivité est relative et l'homme solide est censé se jouer facilement des pièges qu'elle peut lui tendre.

La râleuse

Elle se plaint sans cesse d'un manque ou d'un trop plein, bref il y a toujours quelque chose qui ne va pas et qui la laisse aigrie, lasse, insatisfaite. Si elle épuise la patience de son homme, elle ne pose pas, elle non plus, un problème insurmontable. Quoique... car en chacun des autres profils de ce panel, sommeille (aussi) une râleuse.

La chipie

Pour faire simple, on dira que la chipie est une sorte de garce débutante, qui fait ses classes dans l'art consommé de la manipulation. Agacer, exaspérer, se jouer des autres comme de vulgaires pions, voilà qui l'amuse au plus haut point, mais généralement avec plus de légèreté que d'agressivité.

La bimbo

D'aucuns la qualifieraient un peu trop vite de pouffiasse ou de pétasse, mais il n'y a en cette créature que bien peu d'ambition et de malignité. Si ce n'est paraître, parader et séduire, jusqu'à la caricature ou à l'écœurement.

La conne

Dans le langage commun, c'est celle qui ne comprend rien à rien, qui nuit plus par bêtise que par méchanceté, un être aux contours certes imprécis mais qui a pour constante sa stupidité tout-terrain.

L'emmerdeuse

Elle pourrit avec un joli entêtement la vie des hommes qu'elle côtoie, avec ce qu'il faut de légèreté et d'ingénuité. Ce qui la fait parfois assimiler à la chipie ou à la capricieuse. Mais emmerdeuse n'est que rarement un boulot à temps plein. La plupart des emmerdeuses le sont à temps partiel.

La chieuse

Peu de chose distingue au fond la chieuse de l'emmerdeuse, si ce n'est l'intensité de ses attaques et, dans une certaine mesure, la nature même de ses manifestations. En clair, là où l'emmerdeuse est plus un boulet, un poids mort que l'on traîne, la chieuse est plus ce roquet qui mord le mollet masculin et ne le lâche plus. L'emmerdeuse emmerde par passivité, la chieuse emmerde dans l'action.

La pétasse

Voilà un terme que femmes et hommes emploient de manière bien partagée. C'est sans doute l'un des moins clairs de notre panel. Ce qui est certain, en revanche, c'est qu'une pétasse est une femme qui, par ses actions radicales, ses manières outrancières ou tout simplement sa « grande gueule », provoque autour d'elle des réactions épidermiques de rejet. On pardonne assez facilement à une conne ou à une emmerdeuse... beaucoup moins à une pétasse.

La pouffiasse

Cousine proche de la pétasse, la pouffiasse ajoute à ce profil une touche évidente de vulgarité, qui l'apparente aussi volontiers à la bimbo. De fait, la pouffiasse se distingue bien souvent autant par son apparence ou son attitude que par ses actes ou ses paroles.

La salope

Avec le temps, le terme s'est nettement radicalisé, et plus encore sexualisé. Alors qu'on emploie encore souvent le terme « salope » pour désigner une femme qui a délibérément cherché à nous nuire, on dit plus volontiers d'une « mangeuse d'hommes » ou d'une fille peu farouche que c'est une « salope ».

La pute

C'est une sorte de « supersalope », la salope avec un S majuscule, celle qui n'a aucun scrupule (vraiment aucun) dans l'usage de ses charmes pour parvenir à ses fins, qu'il s'agisse de griller au poteau ses homologues féminines ou d'exploiter les hommes.

Je sens bien que, tapi(e) derrière votre exemplaire de ce livre, vous êtes taraudé(e) par une question élémentaire. Une femme peut-elle appartenir, aux yeux de ses contemporains, à plusieurs de ces catégories à la fois ? La réponse, vous la connaissez bien sûr. Oui, mille fois oui. Et ce, pour plusieurs raisons :

– dans l'esprit des hommes qui emploient ces termes, il n'y a pas d'exclusive. La même femme peut, selon les instants, être conne, garce, voire un peu salope ;

– il y a même, dans l'esprit de certains d'entre eux, une véritable progressivité d'un profil à l'autre ; la chipie ou l'emmerdeuse étant, selon eux, les profils « antichambres » de la garce, ou de la pétasse. Le nombre d'hommes intarissables sur ces différentes catégories et la promotion (prévisible) de l'une à l'autre est incroyable.

À bien l'observer, cette infinie variété de mots, tous plus désobligeants les uns que les autres, m'est apparue en creux. En mettant autant d'énergie, pour ne pas dire un tel acharnement, à stigmatiser de la sorte les travers féminins, les hommes ne manifesteraient-ils pas plus encore ce qu'ils sont eux-mêmes devenus par rapport aux femmes ? Ne se définiraient-ils pas eux-mêmes par ces jurons revanchards ? Dans son bref essai, *Le Premier Sexe*[1], le journaliste Éric Zemmour rend compte de la bipolarisation des femmes dans les yeux des jeunes hommes issus de l'immigration : il n'y aurait, pour eux, que des « saintes » (la mère, les sœurs) d'un côté, et des « putes » (les autres femmes, objets de conquête) de l'autre.

Dans cette crispation du vocabulaire, ne doit-on pas lire avant tout la diversité des angoisses masculines face à une féminité désormais triomphante ? La « capricieuse » ou la « chipie » dirait ainsi l'incapacité des hommes à jouer un rôle normatif et patriarcal face aux « petites filles » qu'elles sont souvent restées.

La « salope » ou la « pouffiasse » rendraient compte de l'interdiction qui pèse sur eux d'exprimer un désir brut, immédiat, alors même que les femmes jouent aujourd'hui

---

1. Éric Zemmour, *Le Premier Sexe*, Denoël, 2006.

fréquemment des codes vestimentaires autrefois réservés à des femmes aux mœurs légères (string, lingerie apparente, décolleté, etc.).

La « conne » ou la « pétasse » exprimeraient ce sentiment de compétition intellectuelle et sociale (notamment dans le cadre professionnel) face aux femmes qu'ils ignoraient encore il y a quelques décennies et qui les mettent souvent si mal à l'aise.

Et les garces dans tout ça ?

Il ne vous aura pas échappé que j'ai volontairement omis de les frotter à leurs consœurs dans les pages qui précèdent. Car les garces, chers lecteurs, ne sont pas tout à fait des « plaies » comme les autres.

Ce qui m'a immédiatement frappé dans l'emploi du mot « garce », même si ce n'est pas le plus usité des termes susnommés, c'est qu'il est le seul qui induise de manière aussi explicite la duplicité ou la malignité de l'intéressée. La plupart des autres apparaissent presque plus comme des victimes de leurs propres travers. Seule la « pute », véritable concentré universel de tous les maux prêtés aux femmes, peut rivaliser avec la garce sur ce terrain. Mais, par son expression spontanée, le vocable « pute » n'induit pas autant de calcul. La « pute » agit comme telle parce que c'est sa nature ; elle est pute, et ce faisant « mauvaise », sans y réfléchir. Elle nuit beaucoup mais dans l'instant. La garce, elle, si j'en crois les avis recueillis, complote, prévoit, fomente, ourdit et tend ses pièges comme une araignée. La garce, c'est indéniable, s'inscrit dans la durée.

De ce point de vue, la « chipie » (qui lui est d'ailleurs associée dans la définition du dictionnaire) serait bien sa petite sœur. Toutes deux seraient ces êtres de calcul, ces « florentines » qui ne jouiraient que dans l'intrigue.

La garce serait donc cet être froid et manipulateur, dont les femmes elles-mêmes récusent bien souvent l'existence. Impossible qu'une femme pareille existe. La femme est douce, aimante, par essence source d'apaisement et de conciliation. Aucune femme n'est aussi mauvaise. Aucune ? Vraiment ? Et si, pour revenir à notre étymologie bien pratique, la « garce » n'était pas exactement une femme ? Si elle était cette femme qui se comporte comme un homme, avec la dureté, la détermination et l'inflexibilité d'un homme ? L'hypothèse est séduisante. Cela expliquerait ce malaise spécifique qu'elle provoque chez la gent masculine, ces réactions de fascination ou de rejet immédiat qui ne font pas dans la demi-mesure.

Séduisant... mais incomplet. Et un rien trompeur.

Car, admettons-le volontiers, aucun homme – ou presque – ne se conduit plus de la sorte. Dans un monde largement féminisé, où les valeurs d'écoute, de tempérance et de sincérité sont devenues cardinales, plus un homme n'ose se montrer aussi retors. En un sens, la garce serait une vision recomposée de ce que l'homme n'est plus, une image déformée et féminisée de son influence évaporée au siècle passé. La garce serait le paradis perdu de l'homme contemporain, dévirilisé, et qui se rêve encore en marionnettiste de l'autre sexe. Le pouvoir d'attraction de cette mutante n'en serait que plus fort.

Ce qui est indéniable, c'est que les quarante dernières années ont permis l'émergence massive de ces femmes hybrides, qui, sans lâcher tout à fait les attributs de la féminité, ont voulu y ajouter des prérogatives jusque-là dévolues aux hommes : travail, autonomie financière, etc. Autant de domaines conçus et prévus par des hommes, avec des règles d'hommes et un langage d'hommes. Pour s'y glisser rapidement, pour y trouver une place qui ne demeure pas *ad vitam æternam* un rôle de figuration, la plupart d'entre elles ont dû accepter et adopter ces règles, faire leurs les stratégies de conquête typiquement masculines.

N'avez-vous d'ailleurs jamais perçu cette pointe d'admiration qui affleure dans l'exclamation « Quelle garce ! ». La garce a ceci d'étonnant, et d'atypique dans le paysage esquissé précédemment, qu'elle force le respect autant qu'elle rebute. L'homme n'admire pas une salope ou une conne ; il la couvre royalement de son mépris. Hormis le désir qu'elle peut, le cas échéant, générer chez lui, rien ne semble les rapprocher. Mais la garce, elle, a ce petit quelque chose de familier, parfois même d'intime. On s'y reconnaît un peu, on devine la proximité et les connexions, on envie l'assurance et l'intelligence déployées... tout en se sentant tenu en quelque sorte à distance. Le simple fait d'éprouver cette admiration met l'homme en position de faiblesse, d'attente. Avec la conne ou l'emmerdeuse, l'homme ne se demande pas quel sera le prochain fait d'armes de la fille en question. Il le devine, il l'anticipe. Pas de surprises.

Avec la garce, il a toujours un coup de retard. Elle parvient sans cesse à l'étonner. Il est comme au spectacle, il attend le rebondissement suivant. C'est elle qui a écrit le script, et lui, bon public, se contente de pousser des Oh ! et des Ah ! à chaque nouvel épisode.

Nous verrons plus loin de quoi il retourne exactement, mais si la garce est bien un « gars » au féminin, c'est que, sans rien perdre de sa féminité, c'est elle qui donne le *la* de ses relations avec les hommes. C'est elle qui tient la barre, c'est bien elle le capitaine (et dans capitaine il y a la racine latine *caput*, la « tête », donc celui qui dirige mais aussi celui qui est doué de réflexion).

C'est en cela que la garce se distingue très clairement de ses deux acolytes, « emmerdeuse » et « chieuse », avec qui on la confond parfois à tort. L'emmerdeuse nuit pour tenter d'exister, pour ne pas se laisser « bouffer ». Face aux hommes, elle adopte une attitude de défense, de femme qui a encore tout à prouver et à conquérir, et qui déploie au moins autant d'énergie à le démontrer qu'à se faire réellement respecter. Pour l'homme, elle n'est guère plus qu'une méthadone, un substitut dont on parvient assez aisément à se passer. Quelque chose comme un piment qui agace un peu les papilles, mais dont l'effet se dissipe aussitôt qu'il disparaît.

La chieuse, elle, nuit non seulement pour protéger son périmètre mais aussi pour accéder à une vraie indépendance, ne rendre de comptes à aucun homme. Elle ne lâche rien. Elle est sur tous les fronts à la fois. La chieuse est une combattante du quotidien. Au moins la voit-on venir de loin. L'homme sera rarement pris de court par une chieuse, mais il n'en concevra pas moins l'addiction d'une drogue douce.

La garce va au-delà, elle joue avec les hommes, jouit de son ascendant sur eux, prend plaisir à les manipuler. La garce nuit comme elle respire, elle nuit de manière vitale. Elle, c'est une drogue dure pour l'homme qui s'y risque. Car elle ne se contente pas de déployer un système de défense qui séduit et qui attache. La garce s'empare littéralement de l'homme qu'elle a pris pour cible.

Les critères objectifs de détection

À ce stade du livre, je sens un léger voile de perplexité décoller de ces pages et venir vous couvrir en douceur. Il nous a fait le coup du test attrape-couillons. Il nous balade gentiment depuis quelques pages entre digressions linguistiques et suppositions fumeuses. Bien. Mais à quoi je peux la reconnaître à coup sûr, moi, la garce ? Si elle-même s'ignore telle, de quels éléments, concrets, tangibles, pour ne pas dire mesurables, puis-je disposer pour en avoir le cœur net ?

Nous y reviendrons, mais ce n'est pas la moindre caractéristique de la garce que d'avancer à visage couvert. Contrairement à nombre de ses consœurs, consignées dans le tableau des pages précédentes, elle n'est pas du genre à sauter à la gorge de ses « victimes ». Son premier abord est souvent anodin, voire charmant, dans tous les cas source de convoitise et de tentation. Car elle sait bien que ses effets seront d'autant plus dévastateurs qu'elle aura fait baisser sa garde à l'homme au préalable. Oh, c'est sûr, il l'a déjà largement baissée tout seul et sans y être aidé, ces dernières décennies. Si l'on en croit certains observateurs, il est même devenu un toutou si docile, si acquis lui-même à la féminité, que les garces ne se verraient opposer que bien peu de résistance. Faux! Car c'est compter sans les réflexes ancestraux qui s'expriment dès qu'on remet en cause la virilité de ces messieurs. Les convertir à la féminité, passe encore, mais surtout sans toucher à ces bibelots masculins (ce qu'ils considèrent comme leurs attributs) qui leur donnent, par instants, par flashs, l'illusion d'un pouvoir intact.

Même aujourd'hui, la garce se doit donc de progresser dans l'ombre. Par souci d'efficacité, nous venons de l'entrevoir, mais aussi pour son propre plaisir. Car quel plaisir y aurait-il à une reddition immédiate ? Quel pied prendrait-elle si elle dévoilait tout son plan au premier coup d'œil ?

Pourtant, dans un imaginaire collectif que j'ai abondamment sondé, la garce conserve des attributs physiques bien précis, presque codifiés. On dira même identifiables au premier coup d'œil. Car, nous le verrons plus loin, le moins que puisse faire la garce, c'est d'attirer. Mais si, à cet effet, son enveloppe est le meilleur outil dont elle soit dotée naturellement, certaines garces n'ont pas même besoin d'être jolies pour attiser la convoitise des hommes. Il semblerait pourtant que ce ne soit pas le cas le plus fréquent. « Pour faire partie du Club, il ne faut pas être un boudin. Une garce doit être désirable[1]. » Même les garces au physique imparfait auraient donc ce « petit quelque chose » indéfinissable, ce reflet canaille dans l'œil, ce sourire engageant et qui laisse peu de place au doute. Vous pardonnerez l'expression plus que familière, mais un *garce addict* de ma connaissance (au vocabulaire passablement relâché) a défini ce « quelque chose » en ces termes sans équivoque : « C'est simple : elles sentent le sexe. »

Ce n'est pas pour rien si le terme « garce » saisi dans Google, le plus populaire des moteurs de recherche, appelle principalement des images pornographiques, lesquelles répondent dans l'ensemble au même cahier des charges : brunes en majorité, un regard pénétrant, chargé de malignité (souvent des yeux en amande, yeux de chats ou légèrement bridés), une moue suggestive, etc. Aucune ne présente une attitude de soumission, d'abandon, de plaisir, non, toutes jouent objectivement de leur pouvoir de séduction pour appâter et circonvenir le mâle. Les gestes, quoique très caricaturaux, sont explicites, et demeurent toujours juste sur le seuil de la capitulation physique de la jeune femme, sans jamais le franchir tout à fait : index sur les lèvres, main posée sur le sexe, regard en coin, etc. En d'autres termes, on pourrait dire des allumeuses. Et qu'est-ce donc qu'une allumeuse, en termes de sexualité, si ce n'est une femme qui manipule le désir de l'homme en jouant sur le suspens et sur l'incertitude ? Et, quand elles semblent enfin se livrer, ces « garces » ultra-sexuées sont très nettement des dominatrices, des maîtresses d'hommes, bardées de cuir ou de latex, fouet en main, talons hauts et bas résilles obligatoires, bien décidées à imposer leur loi aux spécimens de l'autre sexe.

Mais revenons à la vraie vie, loin des représentations excessives et frelatées des sites X. Comment diable détecter une

---

1. Florence Hernandez, *L'État de garce*, Albin Michel, 1996.

garce... puisque par définition elle fait tout pour cacher son jeu ?

C'est toute la difficulté. Une garce ne s'identifie pas, dans un premier temps tout au moins, par son physique, ses attitudes ou son comportement manifestes, mais bien par les situations dans lesquelles elle parvient à placer l'autre, c'est-à-dire l'homme sur lequel elle a jeté son dévolu. Vous voulez repérer une garce ? Postez-vous là où un homme se trouve en situation de dépendance affective, de soumission à une femme, voire d'humiliation. Il y a fort à parier que la garce n'est pas loin...

Puisque, dans les faits, la garce n'a pas d'atours particuliers, puisqu'elle se caractérise avant tout par des actes, rien ne vaudra une démonstration par l'exemple pour que vous soyez désormais équipés, vous aussi, de votre propre « détecteur à garces » de série.

Pour ce faire, je vous propose un petit jeu.

Voici quatre situations de la vie courante. Pour chacune d'entre elles, vous trouverez trois propositions de comportement de la femme impliquée dans cette situation. À vous de vous munir d'un crayon de papier et d'associer à chaque proposition le profil qui vous semble correspondre le mieux : « emmerdeuse », « chieuse » ou « garce ».

Les réponses sont données en note de bas de page [1].

1. *Une jeune femme appelle son nouveau fiancé, alors que celui-ci ne lui a plus donné de nouvelles depuis deux jours.*

a. Elle lui parle fraîchement et ne le lâche pas tant qu'il n'a pas donné une explication satisfaisante à son silence.

---

1. **1. a.** Chieuse/**b.** Emmerdeuse/**c.** Garce – **2. a.** Garce/**b.** Emmerdeuse/**c.** Chieuse – **3. a.** Garce/**b.** Chieuse/**c.** Emmerdeuse – **4. a.** Emmerdeuse/**b.** Garce/**c.** Chieuse.

C'est une ...

b. Elle lui reproche son silence, fait mine de passer à autre chose et finit par couper court à la conversation brusquement pour un motif futile.

C'est une ...

c. Elle lui reproche violemment son silence et lui raccroche au nez. Elle rappelle quelques instants plus tard, fait mine de s'être calmée et raccroche à nouveau.

C'est une ...

2. *Une jeune femme invite son homme à dîner et prend la peine de préciser qu'il n'a pas besoin de son portefeuille, que, pour une fois, c'est bien elle qui régale.*

a. Au moment où arrive l'addition, elle s'exclame : « Ah, mince alors, j'ai complètement oublié de prendre mon portefeuille ! »

C'est une ...

b. Elle tient sa promesse, mais pendant tout le repas elle ne parle que de ça, lui explique à quel point les femmes apprécient d'être invitées, etc.

C'est une ...

c. Au dessert, elle lui reproche d'avoir accepté l'invitation aussi facilement et lui dit qu'il aurait dû insister pour l'inviter.

C'est une ...

3. *Une jeune femme invite son nouveau fiancé chez ses parents pour la première fois. Ceux-ci sont très traditionalistes et un seul mot de travers peut les choquer.*

a. Elle ne le prévient pas du risque qu'il court et le laisse se dépêtrer devant ses parents.

C'est une ...

b. Elle le sermonne avant et le reprend plusieurs fois pendant le repas, devant ses parents.

C'est une ...

c. Elle le sermonne pendant tout le trajet qui les conduit chez ses parents.

C'est une ...

4. *Un jeune homme est invité à l'enterrement de vie de garçon de son meilleur ami. Sa compagne l'appelle deux heures avant en lui disant qu'elle est malade et qu'elle aurait besoin de lui auprès d'elle.*

a. Elle insiste assez lourdement mais finit par le laisser aller à son obligation amicale.

C'est une ...

b. Elle insiste tant qu'elle finit par poser un ultimatum : c'est lui ou moi !

C'est une ...

c. Elle insiste, lui reproche son peu de disponibilité et, pour finir, raccroche, fâchée.

C'est une ...

CHAPITRE 2
LES DIX RÈGLES ÉLÉMENTAIRES D'INCONDUITE, OU LE SYSTÈME DE LA GARCE

Pour bien comprendre à quel point la garce constitue plus qu'un simple caractère féminin, mais bien un « piège » tendu aux hommes, il importe ici de détailler les grandes lignes de son fonctionnement. Car, nous l'avons dit, la garce s'identifie moins par son apparence – ou même ses propos – que par ses actes. La garce a ceci de particulier qu'elle vous nuit par l'action. Chacun de ses gestes, chacun de ses comportements, s'inscrit dans un plan d'ensemble plus vaste. Chez la garce, rien ne semble laissé au hasard. Tout doit conduire à son triomphe... et à votre « perte ».

Une parabole pour les ignares

C'est sans doute cela qui trouble et déstabilise tant. C'est probablement à cette cohérence parfaite, à cette nocivité constante et opiniâtre que l'on doit l'un des plus gros malentendus concernant les garces. En effet, si l'intention de nuire est indéniable, la garce a rarement conscience de cette mécanique implacable qu'elle déploie. Comme l'araignée tisse sa toile, la garce est mauvaise par essence, et non par choix ni par goût. Reproche-t-on au scorpion de piquer, au serpent de mordre, au virus de se propager ? Être garce n'est ni un jeu de société ni une activité mondaine. Être garce est un boulot à temps plein. C'est un investissement total, pas un hobby.

Qui ignore encore l'éternelle parabole de la grenouille et du scorpion ? Ceux qui répondent « moi » n'ont sans doute jamais lu un seul livre de développement personnel, car il n'en est pas un seul où l'on ne la trouve. Pour ceux-là, néanmoins, voici une brève séance de rattrapage :

Un scorpion est sur la berge d'un fleuve et souhaite passer sur l'autre rive. Mais c'est un scorpion. Il ne sait pas nager. Passe alors par là une grenouille, et le scorpion l'apostrophe.

Le scorpion – Toi qui sais nager, peux-tu me prendre sur ton dos et me porter jusqu'à l'autre rive ?

La grenouille – Jamais de la vie ! Tu es un scorpion ! Je suis certaine qu'au beau milieu du fleuve tu vas me piquer.

Le scorpion – Réfléchis deux minutes. Si je te pique alors que tu nages, je suis certain de couler avec toi ; je ne sais pas nager. Tu ne crains rien.

La grenouille se gratte la tête et semble convaincue par l'argument. Elle prend le scorpion sur son dos et se jette à l'eau. Le fleuve est large et la traversée est longue. Mais, à mi-parcours, la grenouille ressent tout à coup une vive douleur. Elle n'y croit pas : le scorpion l'a piquée !

La grenouille – Pourquoi as-tu fait ça ? Tu l'as dit toi-même, scorpion, tu vas couler avec moi !

Le scorpion – Je sais...

La grenouille – Alors pourquoi ? C'est stupide ! Nous allons mourir tous les deux.

Le scorpion – Je sais, mais c'est plus fort que moi. C'est ma nature.

Voilà bien la garce : capable de jouer contre son propre camp, juste pour satisfaire son instinct et son grand dessein. Cette détermination sans faille est à l'origine de sa réputation si peu flatteuse, et d'une méprise totale quant à ses intentions. Car on prend trop volontiers pour de mauvaises intentions son besoin de tout contrôler, de tout inscrire dans « sa » logique.

C'est absolument faux. La garce croit le plus souvent bien faire. Là où les autres ne voient que malignité et fourberie, elle pense maîtrise et efficacité. Non, les garces ne jouissent pas du mal qu'elles font aux autres mais bien du contrôle qu'elles en ont. Ce ne sont pas des « tueuses », mais bien des manipulatrices.

Femmes des années 2000 ?

En cela, elles ne sont pas si éloignées de bien des femmes contemporaines, ces fameuses héritières des *superwomen* qui veulent tout réussir, tout programmer, tout planifier. Est-ce à dire que le féminisme aurait accouché d'une génération entière de garces ? Pas la peine de faire les gros yeux, mesdames, je ne le crois pas un instant, même si l'époque est indéniablement favorable à leur émergence. Car deux points essentiels distinguent nettement la postféministe ordinaire que nous côtoyons tous les jours de la garce authentique :

– la postféministe a pris le pouvoir par la parole quand la garce le prend par les actes ;

– pour la postféministe, la finalité est son épanouissement, les dommages causés aux hommes ne sont que collatéraux ; pour la garce, la finalité est la soumission de l'homme, son épanouissement est à ce prix.

Enfin, là où la femme postféministe navigue à vue, là où elle doute, fait un pas en arrière pour deux en avant, se place elle-même dans un constant questionnement quant à sa féminité et à son attitude face aux hommes, la garce suit une feuille de route implacable. Mieux, la garce suit un script. Tout est écrit par avance ; et pour peu qu'elle trouve le bon partenaire, il n'y a plus qu'à laisser les événements se dérouler.

La garce intègre à son comportement tous les éléments d'un drame qui va tenir l'homme en haleine, et dont elle seule connaît la fin. Elle a le syndrome du metteur en scène, du *deus ex machina.* Qu'elle en soit consciente ou non, elle sait exactement vers quel dénouement elle veut conduire les protagonistes. Lui, et elle. La vie avec une garce est aussi rythmée qu'un film hollywoodien. Et si tous les ingrédients ne sont pas toujours dans le même ordre, d'un sujet à l'autre, au moins peut-on être sûr de tous les retrouver. « Une garce se permet tout », analyse Florence Hernandez dans son *État de garce*[1], l'un des rares ouvrages francophones publiés sur le phénomène, « [elle] s'autorise encore plus. Mais si de votre côté, vous faites la plus petite erreur ou le moindre faux pas, elle vous le fera payer au prix fort ».

Pour que vous y voyiez plus clair, j'ai volontairement « démonté » le script standard d'une garce tout ce qu'il y a de plus ordinaire. Nous verrons par la suite que certaines savent ajouter à ce schéma directeur, à ce squelette pourrait-on dire, bien des variantes, digressions et fantaisies. C'est tout ce qui fait le charme de la garce, d'ailleurs : un scénario implacable et des manifestations imprévisibles. Comme dans tout film qui se respecte, la mécanique dramatique bien huilée doit être enveloppée d'imprévu et de poésie pour que le « spectateur » (masculin, en l'espèce) ait envie d'y croire. S'il voit les « coutures » dès le premier coup d'œil, il ne plongera pas.

---

1. Florence Hernandez, *L'État de garce*, *op. cit.*

Le système de la garce

Rappelons une fois encore que tous ces éléments ne se retrouvent pas nécessairement chez toutes les garces, ni toujours dans l'ordre défini ci-dessous (même si celui-ci suit une progression on ne peut plus classique). Mais si la jeune femme que vous supposez appartenir à cette catégorie si enviée manifeste au moins cinq des dix critères en question, dont au moins trois des critères marqués par trois + (+++), alors pas de doute : VOUS ÊTES BIEN EN PRÉSENCE D'UNE GARCE !

N°	Ce que fait la garce	Réaction de l'homme
1	Elle fait valoir un attrait particulier.	Il veut obtenir ce quelque chose de particulier.
2	Elle diffère le moment de satisfaire l'homme en le laissant libre de renoncer.	Il renonce tout de suite... ou s'accroche. Il comprend que l'obtention de ce qu'il veut sera difficile.
3	Elle se fait distante, peu disponible, voire invisible.	Il s'attache d'autant plus à elle qu'elle le fuit. Il pense effectuer un choix libre.
4	Elle exige peu mais très vite.	Il pense triompher à bon compte et donne ce qu'on lui demande bien volontiers.
5	Elle exige le contraire de ce qu'elle voulait auparavant.	Il est décontenancé par son attitude mais déjà assez accroché pour accepter ce revirement soudain.
6	Elle récompense l'homme selon ses critères à elle.	Il obtient en partie ce qu'il voulait, mais dans des conditions ou une quantité insatisfaisante.
7	Elle exige quelque chose que les circonstances ou qu'elle-même rendent infaisable.	Pour la satisfaire, il doit aller contre son propre intérêt (convictions, entourage, etc.) et faire un choix qui l'ampute d'une partie de lui-même.
8	Elle humilie l'homme.	Il se trouve en position d'être dévalorisé par elle.
9	Elle menace de rompre le lien.	S'il veut la conserver, il n'a semble-t-il d'autre choix que de céder à son injonction.
10	Elle réactive les ancrages placés dans l'homme.	Il replonge le plus souvent.

N°	Effets sur l'homme	Importance dans le dispositif
1	PROMESSE/FANTASME	+++
2	DOUTE/ESPOIR	+++
3	MANQUE	++
4	URGENCE	+
5	INCOMPRÉHENSION/DÉSARROI	+
6	PLAISIR/FRUSTRATION	++
7	DOUBLE CONTRAINTE/DILEMME	+++
8	SOUFFRANCE	+
9	PEUR	++
10	RETOUR DE FLAMME/ RECHUTE	+++

1. Elle fait valoir un attrait particulier

Sans promesse d'un nirvana quelconque, pas de garce. On n'attrape pas des mouches avec du vinaigre, même votre grand-mère sait cela. Ainsi l'élément de base de la garce, ce qui constitue le tout premier fil de son piège, c'est la « promesse » qu'elle est capable de vous faire. En clair : qu'est-elle *a priori* susceptible de vous apporter qui vous manque ou qui vous semble indispensable à votre équilibre ? Ce besoin peut être de nature très diverse. Mais on distingue néanmoins trois grandes familles de bénéfices attendus :

– **matériel** : ce n'est pas le cas le plus fréquent, mais cela arrive. Que la demoiselle en question fasse miroiter une promotion professionnelle, un appartement plus grand ou la fortune de papa, dans tous les cas l'homme est appâté par l'apport matériel qu'il est bien en peine d'obtenir par ses propres moyens.

– **affectif** : là aussi, il existe autant de cas de figure que d'individus. Certains pensent trouver en cette femme un giron maternel et protecteur, d'autres tout simplement une alternative rassurante après une union ratée. Certaines garces sont particulièrement douées pour repérer chez leurs « proies » quel manque elles peuvent (en apparence) combler. De fait, de très nombreuses garces apparaissent dans un premier temps comme une alliée de l'homme, comme la femme qui les a enfin compris, celle qui leur fera oublier toutes les autres. Quand je vous disais que les garces avancent masquées...

– **sexuel** : contrairement à une idée reçue, ce n'est pas l'appât le plus courant, mais c'est en principe le plus évident à détecter. Les hommes étant ce qu'ils sont, la plupart (s'ils sont encore assez verts) tombent néanmoins, et allégrement, dans le panneau. Car il n'est pas un homme qui n'ait chevillé au corps l'espoir d'une relation sexuelle toujours plus forte, toujours plus intense, toujours plus longue et, surtout, répétée à l'envi. L'immense majorité d'entre eux ont beau avoir un plaisir à peu près égal selon les circonstances et les partenaires, et surtout n'être plus du tout opérationnels après deux petites éjaculations, cela ne les empêche pas de sacrifier à ce mirage du « toujours plus ! toujours mieux ! toujours plus souvent ».

On voit que la garce, déterminée à jouer sa partition coûte que coûte, n'a que l'embarras du choix. Il lui suffit seulement de ne pas se tromper d'appât, et ce, dès le début. Mais il est si simple de faire parler un homme ! Dès le premier rendez-vous, et même avant si la rencontre a lieu sur Internet, il lui est facile d'identifier chez l'homme qu'elle convoite les failles et les manques les plus flagrants.

S'il arrive qu'une garce change d'appât en cours de route, jouant parfois d'un appât relais quand le premier s'est épuisé ou a perdu sa validité initiale, on verra plus loin que ce subterfuge réduit considérablement l'impact « dramatique » du script dans lequel elle plonge son partenaire. Imaginez qu'au beau milieu du film, Indiana Jones ne cherche plus le Saint-Graal mais son portefeuille qu'il a perdu ? Le film aurait-il encore le moindre intérêt ? La garce doit donc retenir un appât tout à la fois...

– **puissant** : on aurait pu dire également « pertinent ». C'est-à-dire qu'il doit faire résonner chez l'homme ciblé quelque chose de particulièrement sensible, et surtout de spécifique. Certes il existe des appâts plus ou moins universels, comme la promesse de certaines prouesses sexuelles. Mais ce ne sont pas toujours les plus efficaces. Plus l'homme a la sensation que cette promesse s'adresse à lui et à lui seul, plus il mordra facilement à l'hameçon.

– **distinctif** : c'est-à-dire difficile, voire impossible à reproduire par une autre femme. Même si c'est un leurre, évidemment, la garce doit donner le sentiment qu'elle seule est capable de la prouesse en question, quelle qu'elle soit. Cela accentue d'autant le sentiment d'exclusivité ressenti par l'homme (voir ci-dessus).

– **permanent ou renouvelable** : si l'objet de tant de convoitise ne dure que le temps d'un souffle, évidemment c'est beaucoup moins drôle, et beaucoup moins tentant. La promesse faite par la garce doit comporter par essence les germes de son renouvellement ou de sa permanence. Si elle définit dès l'origine – et de manière plus ou moins explicite – un terme ou une limite quantitative, l'effet sera nettement atténué. Dans ce cas, l'« instinct du chasseur » tapi en l'homme lui dictera plutôt la conduite suivante : se servir au plus vite... et fuir.

– **sincère** : avant d'être le jouet de la manipulation « garcière », l'homme n'est pas plus gogo qu'un autre. Il doit donc percevoir dans la promesse faite par la garce une sincérité incontestable, même s'il n'en est rien. En clair, la garce ne doit pas « jouer à la garce » dès les premiers temps. Si elle est trop aguicheuse, si elle surjoue son rôle... c'est que vous n'avez pas affaire à une garce authentique.

– **crédible** : pour paraître sincère, la garce doit être crédible dans sa promesse. Ainsi la promesse doit être de l'ordre du raisonnable, ou plus exactement du plausible.

– **implicite** : ce n'est pas le moindre paradoxe de la garce. Elle doit attirer, vite et bien, mais sans non plus en faire trop. Pour être efficace, la promesse ne doit pas être dite ou écrite en « toutes lettres », mais plutôt suggérée, induite par un comportement ou une information secondaire. L'idéal serait même que cet élément soit destiné à un tiers et que l'homme ciblé en prenne connaissance par accident. Le caractère implicite de l'appât entretient chez l'homme l'illusion qu'il contrôle la situation... ce qui est aussi illusoire que nécessaire à son adhésion.

Les psychologues spécialistes du comportement, et plus spécifiquement des techniques de manipulation, définissent ce premier contact entre le manipulateur (ici la garce) et sa « victime » comme une **étape d'amorçage**. Elle correspond en tout point à l'une des techniques de manipulation les plus classiques, fréquemment employée dans le commerce, qui consiste à attirer le chaland grâce à une offre (une « promesse ») impossible à refuser. Et que, de fait, il ne refuse pas. Or, et c'est sur ce principe général que reposent la plupart de ces techniques, la grande majorité d'entre nous est incapable de revenir spontanément sur une décision initiale. C'est ce que l'on appelle l'**effet de gel**. La décision a beau être mauvaise, on a beau sentir intuitivement qu'on s'est fait berner, si nous nous sommes engagés librement et sans contrainte immédiate, nous nous y accrochons.

2. Elle diffère le moment de satisfaire l'homme en le laissant libre de renoncer

C'est une étape au moins aussi importante que la promesse elle-même. Pour que celle-ci ait les effets escomptés sur l'homme ciblé, il est indispensable que la satisfaction ne soit pas immédiate. Nous l'avons déjà dit : l'homme satisfait a une tendance naturelle au repli et à la fuite. En revanche, tant que la promesse demeure telle, il y est suspendu.

Pour avoir cette emprise, il faut donc que la promesse reste imprécise quant à son délai de réalisation. La garce aura beau jeu à entretenir ce flou savant, car la promesse est par définition implicite. Si l'homme perd patience et réclame « son dû », quel qu'il soit, la garce pourra légitimement nier l'avoir jamais proférée.

Tout se joue (ou presque) sur ce non-dit qui fait loi. Soit l'homme comprend alors qu'il pourra courir longtemps après l'objet de sa convoitise et renonce dès cette seconde étape ; soit l'effet de gel déjà évoqué fonctionne à plein et il persiste dans sa quête sans fin. Il est d'autant plus pris à son propre piège, dans la nasse de son propre engagement, que rien n'a été dit ou exprimé de manière claire.

Ce phénomène est défini par les auteurs du désormais célèbre *Petit Traité de manipulation à l'usage des honnêtes gens*[1] comme un « **piège abscons** ». Comprenez par là que plus un sujet donné (ici notre homme ciblé) patiente pour obtenir ce qui lui a été « promis », et plus l'effet de gel est puissant. Le temps qui passe ne fait qu'affermir (pour ne pas dire crisper) la décision et l'engagement initiaux. Pour prendre un exemple simple, issu de la vie courante, imaginez-vous dans la file d'une caisse de supermarché. Soudain, une caisse s'ouvre à côté de la vôtre et vous vous précipitez. Vous voilà en deuxième position et non le sixième ou le septième. Le gain de temps vous semble évident. Mais, hélas, la caisse nouvellement ouverte présente des problèmes inattendus. La file n'avance pas du tout. Bientôt, ceux qui étaient juste devant vous dans l'autre rang passent en caisse. Vous pestez, vous enragez... et pourtant vous vous accrochez à cette seconde file, que vous supposiez à l'origine être un bon plan.

En se présentant d'une part comme une « bonne aubaine », et d'autre part comme une aubaine qui exige de vous patience et opiniâtreté, la promesse implicite faite par la garce est de ce point de vue un « piège abscons » tout ce qu'il y a de plus classique.

En convoquant vos souvenirs de file de supermarché, vous comprendrez par vous-même – j'en suis sûr – ce qu'il peut y avoir de terrible mais aussi d'inéluctable à s'entêter de la

1. Robert-Vincent Joule et Jean-Léon Beauvois, *Petit Traité de manipulation à l'usage des honnêtes gens*, Presses universitaires de Grenoble, 2002.

sorte dans un choix que l'on sait pourtant être le mauvais. En l'occurrence, une telle situation suscite en nous une sorte de débat permanent, une oscillation constante et très rapide entre l'ESPOIR fou que la situation se débloque, et le DOUTE qu'elle ne se débloque jamais.

Au travers de cet exemple trivial, vous aurez aussi compris l'importance d'un élément qui est rarement évoqué dans les ouvrages savants sur le sujet et que j'appellerai la **proposition alternative**. En effet, alors que vous vous accrochez à votre file qui n'avance pas, d'autres files voisines avancent, elles, et constituent donc une offre alternative en théorie d'autant plus tentante qu'elle fait preuve de son efficacité immédiate. Immédiate, certes, mais moins importante que celle qui vous a été promise et à laquelle vous vous cramponnez.

On touche là du doigt le paradoxe du joueur compulsif, incapable de se contenter de ses gains ou de jeux de petits rapports quand il s'est autopersuadé qu'il allait toucher un gros rapport à une table donnée. Et ce jusqu'à en sortir plumé...

Cela nous renvoie aux critères de la promesse définis dans les pages précédentes. En effet, pour tenir et harponner assez fort l'homme ciblé dans la durée – et donc permettre au piège abscons de se refermer sur lui –, la promesse doit être supérieure à toutes les promesses alternatives environnantes, à l'instant précis de l'amorçage, mais aussi renouvelée dans ces termes au cours de la période d'attente, voire amplifiée lors des répétitions, pour justifier l'investissement de l'homme ciblé en temps et en énergie.

3. Elle se fait distante, peu disponible, voire invisible

Ce comportement peut avoir pour fonction de différer le moment tant attendu (par l'homme) de la satisfaction de la promesse. Mais cette espèce de froideur, voire de mutisme, dans laquelle les garces se murent bien souvent après la phase initiale d'amorçage, a un autre rôle (essentiel) à jouer dans le dispositif : le sentiment de liberté.

En effet, toutes les études sur les ressorts psychologiques de l'engagement, en particulier celles de l'Américain Charles Kiesler (*The Psychology of Commitment*, 1971), tendent à prouver que celui-ci est d'autant plus fort, et l'effet de gel d'autant plus intense, que le sujet concerné a la sensation d'avoir pris cette décision librement. En un mot, qu'il a été lui-même acteur de son engagement.

À ce stade, il est donc essentiel que l'homme ait un sentiment de liberté fort et, ce faisant, l'impression qu'il peut se désengager de la relation naissante à tout moment. Croyez-moi, si la promesse répond au standard que nous avons défini précédemment, il ne se désengagera pas. L'important est qu'il en ait l'illusion, précisément à ce moment. Car, s'il est confronté dès ce stade-là aux aspects négatifs de la garce, par exemple à une injonction autoritaire de confirmer son engagement, la pérennité de celui-ci sera remise en cause. En revanche, s'il pense avoir agi selon son libre arbitre et son bon vouloir, cet engagement sera d'autant plus difficile à dénoncer que l'homme aura durablement l'impression d'avoir été lui-même à l'origine de ce choix. Désormais, nier son engagement reviendrait à se nier lui-même, ou tout au moins une part de sa personnalité récente et fortement investie émotionnellement. Ce que Joule et Beauvois [1] résument en ces termes : « L'engagement d'un individu dans un acte correspond au degré auquel il peut être assimilé à cet acte. »

En prenant ses distances, en s'absentant en quelque sorte du processus en cours, la garce offre donc à l'homme l'occasion de le reprendre à son compte. Ainsi, même si cela peut

---

1. Robert-Vincent Joule et Jean-Léon Beauvois, *Petit Traité de manipulation à l'usage des honnêtes gens*, *op. cit.*

surprendre, c'est le moment de la relation où l'homme se montre généralement très empressé – nettement plus que la garce. En clair, soit il comble ce vide (ce manque) laissé par la garce et signe ainsi son engagement, soit il songe à sortir définitivement de la partie.

Dans le second cas, la garce peut encore récupérer le coup en exprimant une surenchère dans la promesse. C'est un quitte ou double dont la réussite dépend de nombreux facteurs exogènes : fragilité du sujet masculin ; nature et caractéristiques de la promesse ; adéquation de cette dernière à un passé traumatique du sujet (par exemple, promesse d'une vie de couple réussie après un divorce récent) ; autorité naturelle de la garce ; etc.

On comprend à quel point c'est là une période clé. La garce joue gros, car pour refermer de manière définitive son piège sur l'homme ciblé, elle est contrainte de faire confiance à la définition première de son dispositif, de laisser le charme agir, et donc en un sens de laisser sa proie livrée à elle-même. Le risque pour elle est alors qu'un tiers, acteur involontaire du drame qui se noue, intervienne et libère l'homme de son état de gel, de la sidération, dans laquelle il est plongé. Deux possibilités s'offrent à ce tiers :

– soit il cherche à confronter l'homme ciblé à la réalité de la promesse faite par la garce, et donc à la faiblesse du « bénéfice » escompté ;

– soit il représente lui-même une offre alternative à la promesse de la garce.

À noter, sur ce dernier point, qu'il est assez rare qu'un seul et même homme soit chassé par deux garces à la fois. Car la garce cherche au contraire et par principe, pour les raisons que je viens d'évoquer, des hommes plutôt isolés, dans une situation qui les rend plus faciles à approcher et à circonvenir. De même, si la garce sent que l'homme qu'elle vise est assez entouré, elle aura tendance à faire le vide autour de lui, en particulier lors de cette période cruciale de l'engagement initial.

Si la greffe prend, intervient alors ce que l'on appelle communément un « effet boomerang ». C'est-à-dire que le sujet « piégé » va recomposer son univers cognitif (sensations, souvenirs, croyances, etc.) en fonction de cet engagement initial. Tous ces éléments seront désormais plus rapidement accessibles que les autres, en particulier si l'homme est mis en présence de l'objet de son engagement (c'est-à-dire la garce). Quand je dis présence, il ne s'agit pas nécessairement d'une présence physique. Le moindre détail, même insignifiant, pourra convoquer ces éléments cognitifs liés à son engagement à la garce. C'est pourquoi, dès ce stade du processus, les hommes piégés ont intégré un véritable système de défense contre toute personne qui chercherait à remettre en cause cet engagement.

4. Elle exige peu mais très vite

Je serais tenté de dire que tout le reste suit et découle naturellement de ce qui précède. Pour la garce, c'est évident, le plus dur est fait. Pour l'homme piégé, ce n'est que le tout début de la « descente aux Enfers ».

La garce, nous l'avons dit, ne se contente pas de mots et de grandes déclarations. Elle a beau elle-même repousser toujours plus loin le moment de gratifier celui qu'elle a mis sous sa coupe, elle exige des actes. Oh, bien sûr, c'est une maligne. Elle ne commence jamais par vous demander la lune de but en blanc. Elle commence petit. Elle veut peu, mais très vite. Ne vous y trompez pas : malgré la modestie apparente de la demande, c'est capital pour elle. Elle y voit le signe que votre engagement est bel et bien « signé ». L'expérience sera à ses yeux d'autant plus probante que tout se fera vite. Ou, plus exactement, se fera tôt dans la relation.

Et comme la demande n'est pas exorbitante, l'homme plonge. Il s'agit d'une technique de manipulation bien connue des spécialistes, appelée aussi technique du « pied dans le port ». On vous demande peu pour capter votre attention et « geler » votre engagement, puis on profite de cet état pour vous demander plus.

La nature de cette demande est généralement liée à celle de la promesse qu'elle vous a « faite » elle-même... Mais pas toujours. Parfois, la garce prend même un malin plaisir à jouer avec vos nerfs. Elle choisit des termes suffisamment ambigus pour formuler sa demande, de telle sorte que vous l'associez spontanément à la « promesse » dont vous attendez la satisfaction. C'est bien sûr un leurre, mais comme vous avez été prédisposé à répondre par l'affirmative dans les termes qu'elle a choisis, et qu'une fois de plus sa demande vous implique peu, vous ne pouvez plus refuser.

Sans même vous en rendre compte, vous venez pourtant :

– de satisfaire de manière immédiate et sans discussion à son exigence, alors même qu'elle ne satisfait pas la vôtre ;

– de manifester à ses yeux le fait que votre exigence à vous n'est pas aussi impérieuse que cela, puisque vous n'avez pas cherché à la mettre dans la balance.

Le piège se referme encore un peu plus...

5. Elle exige le contraire de ce qu'elle voulait auparavant

Là, la garce pourrait sortir du bois et se montrer sous son véritable visage, celui du loup (et non pas celui du Petit Chaperon rouge). L'homme ciblé est déjà suffisamment pris dans les mailles du filet, et cette confrontation avec la réalité ne pourrait plus rien changer à son engagement. Pourtant, la plupart des garces éprouvent le besoin de projeter un dernier écran de fumée entre leur proie et elles afin de cacher la vraie nature de leurs intentions.

Le meilleur moyen d'affaiblir encore l'homme, c'est de le plonger dans la confusion. Puisque le test de la première exigence a été concluant, il convient désormais pour la garce de faire état de cet art consommé du contre-pied qui la caractérise. Eh oui, c'est l'une de ses armes maîtresses. Elle n'est jamais là où on l'attend, la garce, sans cesse à soutenir le contraire de ce qu'elle a affirmé *mordicus* la veille. Et le tout avec un aplomb et une mauvaise foi à renvoyer à l'école des régiments de femmes « ordinaires ».

Elle vous a donc demandé de ne plus l'appeler le soir entre 20 et 21 heures ? Et ce, sous aucun prétexte (et sans véritable justification) ? Bien. Ne vous étonnez donc pas si, un beau matin, elle vous tire une tête de dix pieds de long parce que vous ne l'avez pas appelée la veille... entre 20 et 21 heures. L'exemple vous semble inepte ? Ne vous y trompez pas. Cette technique est d'autant plus efficace sur l'homme ciblé qu'elle repose sur des ordres et contre-ordres aussi inutiles qu'arbitraires. C'est d'ailleurs à votre capacité à encaisser le changement de cap et les reproches, monsieur, et ce, sans qu'elle ait le moindre besoin de se justifier, qu'elle va mesurer son ascendant naissant sur vous.

Là où ce tour de passe-passe psychologique est retors, c'est qu'il emprunte à d'autres registres et permet – ponctuellement – de faire passer la garce pour un spécimen moins nuisible qu'elle n'est en réalité. En effet, il serait tentant d'assimiler un tel comportement à du caprice. Oui, c'est donc ça, cette jeune femme pour le moins lunatique ne serait qu'une simple capricieuse ? Un peu pénible, je vous l'accorde, mais au fond pas bien méchante. Là encore, ne vous laissez pas abuser. Ce n'est pas toujours évident, car, en apparence, rien ne distingue vraiment le caprice de la garce de celui de la capricieuse. La différence, c'est dans la réaction de l'homme qu'il faut la chercher.

Il est affecté par chaque caprice comme si celui-ci remettait en cause le fondement même de la relation ? Il cède pour la conserver, quelles qu'en soient les conséquences ? Il est bien victime d'une garce.

Il parvient – parfois – à lui tenir tête et tient bon lorsqu'elle s'abîme dans une interminable bouderie ? Il n'est le jouet que d'une capricieuse.

6. Elle récompense l'homme selon ses critères à elle

Même la plus chevronnée des garces le sait : il y a toujours un moment où elle doit accepter de lâcher du lest. Oh, je vous rassure, il ne s'agit pas de changer de comportement, et moins encore de tenir de manière véritable cette « promesse » faite implicitement à l'homme qu'elle manipule.

Non. Elle va attendre patiemment la première crise grave, le premier palier où elle sent qu'elle risque de perdre le contrôle de « son » homme, pour lui délivrer un succédané du nirvana attendu. Si le paradis espéré par l'homme est, par exemple, une vie de couple calme et harmonieuse, il y a fort à parier qu'elle se montre soudainement plus douce et plus aimante, mais sans renoncer tout à fait aux facéties et autres vacheries dont elle est coutumière. En outre, elle ne s'y astreindra que le temps strictement nécessaire au (re)conditionnement de l'homme en question.

Si l'homme rêvait d'une fête des sens, d'un feu d'artifice sensuel et sexuel, elle lui donnera un aperçu bref et si possible incomplet de ses talents, juste assez pour qu'il puisse entrevoir ce qu'il pourrait obtenir, mais assez peu pour qu'il en conçoive une réelle frustration.

Vous l'aurez compris, cette « récompense » n'a rien d'un cadeau. Elle est juste destinée à entretenir dans l'esprit de l'homme « engarcé » l'illusion que tout est encore possible. C'est donc ça ! Si elle peut être adorable l'espace d'une soirée... c'est bien qu'elle est capable de l'être toute une journée, toute une semaine, que dis-je, toute la vie ! C'est un leurre, bien sûr. Juste un susucre pour amadouer le chienchien de madame.

Les garces sont décidément de sacrées expertes en manipulation. Car, dans un tel cas, non contentes d'abuser les espoirs et la crédulité du brave garçon, elles ont généralement beau jeu d'invoquer l'une de leurs exigences insatisfaites pour mettre un terme à la comédie du bonheur parfait qu'elles ont jouée quelques instants. À elles le rôle de l'incomprise, de l'outragée, de celle qui fait « tous les efforts possibles » (une fois !) pour satisfaire son homme et qui ne recueille que mépris et ingratitude. La somme de leurs exigences est telle, qu'elles n'ont que l'embarras du choix pour mettre le feu aux poudres. Vous l'aurez deviné par vous-même, leur première exigence, d'apparence raisonnable, n'était bien sûr que l'arbre qui cachait la forêt. Comme dans tout bon exercice de subordination, les demandes sont allées *crescendo*. La première n'était qu'un cheval de Troie. Désormais engagé et « figé » dans son engagement, l'homme n'a d'autre choix que d'accepter tout ce qui se présente, quel qu'en soit le coût.

Coût financier, cela va sans dire, mais surtout coût affectif, psychologique, symbolique. Certaines garces se concentrent sur un registre (uniquement des dépenses princières, par exemple), mais les expertes, les plus dangereuses, jouent sur tous les tableaux à la fois. Nous y reviendrons au point suivant. Notons ici que ces exigences sont de deux natures :

– les exigences en plein : plus de confort, de cadeaux, d'attentions, de voyages, d'engagement (le mariage, par exemple), de bisous... que sais-je encore ?

– les exigences en creux : moins de défauts, moins de reproches, moins de temps consacré à autrui, moins de personnes dans son entourage, etc.

7. Elle exige quelque chose que les circonstances ou qu'elle-même rendent infaisable

Maintenant que la garce s'est assurée de son ascendant par les divers tests qu'on vient d'évoquer, elle va pouvoir passer aux choses sérieuses. Il ne lui suffit pas, en effet, que l'homme sur lequel elle a jeté son dévolu s'engage ainsi auprès d'elle. La garce ne veut pas d'un cadeau, elle veut un privilège ; elle ne veut pas d'une jouissance, elle veut une exclusivité.

Pour entériner une fois pour toutes son appartenance, l'homme-proie va devoir choisir la garce, non plus cette fois pour elle-même, mais contre le reste du monde. La choisir, elle, doit désormais exclure tout autre type d'options ou de choix possibles. Bienvenue dans la cruauté faite femme ! Bienvenue dans l'horreur de la double contrainte !

Pour ceux qui ignoreraient encore tout des théories de la psychologie comportementale, rappelons en deux mots de quoi il s'agit. L'expression « **double contrainte** », traduction littérale des termes anglais *double bind*, a été créée en 1956 par le psychiatre américain Gregory Bateson pour rendre compte de situations de blocage dans des schémas de communication interpersonnelle. On parle souvent aussi d'**injonction paradoxale**. Celle-ci se déploie d'ordinaire en trois temps :

– une personne X invite une autre personne Y à se comporter d'une certaine manière ;

– Y ne peut se comporter comme le lui demande X, empêché en cela par une contrainte ou un blocage de nature variée (contraintes physiques, morales, système de valeurs, contradiction dans les termes de la demande, etc.) ;

– X s'étonne que Y n'obtempère pas et le lui reproche.

X est ici la garce et Y l'homme-proie, évidemment. On comprend à quel point de telles situations sont déstabilisantes, puisque Y a faux quelle que soit l'option qu'il prenne. Soit il satisfait X, mais il contredit des contraintes qu'il a intégrées, soit il se plie aux contraintes en question, mais il ne satisfait pas X. Évidemment, plus ces contraintes sont fortes et plus X a une autorité ou un ascendant spécifique sur lui, et plus la « double contrainte » est une situation à se taper la tête contre les murs ! En langage dramatique, on parle volontiers à ce propos de dilemme, que l'on retrouve dans la plupart des tragédies classiques (*Le Cid* de Corneille, pour ne citer que la plus célèbre).

Dans le cas précis de la garce, elle exige bien souvent de l'homme qu'elle domine qu'il choisisse entre elle et un tiers. Ce tiers n'est pas toujours une personne physique, bien sûr. Ce peut être une personne morale (par exemple, la société qui emploie l'homme), une conviction ou une croyance, etc. L'injonction est terrible et ne laisse que peu de place aux accommodements et autres compromis. C'est « lui » (ce tiers) ou « moi » (la garce).

Si donc les exigences de la garce s'expriment « en plein », elles reposent fondamentalement sur le principe du creux, de l'exclusive. L'homme qui subit ces assauts a perdu son jugement et ne le perçoit pas, mais même dans les demandes les plus précises (« Je veux un collier de perles ! »), affleure l'exigence en creux. Car, s'il achète ce satané collier de perles, c'est autant d'argent qu'il ne consacrera pas à sa nouvelle voiture ou aux vacances dont il rêvait. En quelque sorte, l'exigence du choix est toujours une injonction paradoxale, car elle suppose toujours de la choisir, ELLE, contre le reste du monde. Ce qui marque une évolution, c'est que ces doubles contraintes « cachées » des débuts laissent place, peu à peu, à des injonctions paradoxales de plus en plus claires et manifestes.

8. Elle humilie l'homme

Grimpons encore d'un cran dans la douleur. Après avoir avalé toutes ces couleuvres, l'homme est dans une situation de dépendance affective évidente. Ayant réorganisé tout son appareil cognitif pour valider et justifier ses engagements initiaux envers la garce, il est prêt désormais à aller très loin.

Ce qui peut sembler surprenant au premier regard, c'est que plus il s'engage intensément dans cette relation, et plus il renonce à lui-même, ou plus exactement à tout ce qui le constituait auparavant. Être le jouet d'une garce, c'est accepter de substituer le système de valeurs et de perception du monde d'une autre personne (la garce) au sien propre, et ce, au bénéfice exclusif de cet autre. Plus l'homme s'engage dans cette relation, et plus il se désengage de lui-même.

Il est donc prêt aussi bien à des actes héroïques – si la garce les exige – qu'à des actes de soumission et d'humiliation, qu'il n'aurait jamais acceptés auparavant. Pour maintenir sa pression et conserver son pouvoir, la garce joue donc un jeu savant d'alternance entre les actes exigeants et ceux qui rabaissent. Selon les périodes, selon l'évolution de la relation et le psychisme propre de la garce, cette dernière versera d'un côté plutôt que de l'autre. Inutile de préciser que, dans tous les cas, elle n'aura plus aucun respect pour cet homme, réduit à l'état de coquille vide et à qui ses seules « colères » à elle insuffleront un semblant de vie.

Il arrive parfois que, du fond de cette souffrance, lorsque le comportement de la garce tourne à l'acharnement en règle, certains hommes trouvent les ressources nécessaires à une rébellion. Mais le fait est plutôt rare. Car si la garce est un rouleau compresseur, elle est aussi fine mouche. Elle sent instantanément quand son « jouet » lui échappe. Elle sait alors distribuer au compte-gouttes récompenses, plaisirs éphémères et faux espoirs, juste le temps de rappeler son homme au bon souvenir de son engagement premier.

9. Elle menace de rompre le lien

Le plus fort de café est que, habituellement, c'est elle qui profère le plus sérieusement ce type de menace. Certaines garces n'hésitent pas à la mettre à exécution, comme ça, juste pour tester la réaction de l'homme-jouet et dans l'espoir de le voir revenir comme un toutou, suppliant. Tenaillées par un constant besoin de se réassurer et d'entendre encore et encore l'homme professer son engagement, elles vont volontiers jusqu'à ces extrémités pour susciter des retours de flammes qu'elles espèrent encore plus brûlants.

Elles qui ont tant de mal à dire « Je t'aime » (et ne le pensent pas un instant, en tout cas pas sérieusement), vivent dans l'attente permanente de la prochaine déclaration de l'« engarçé ».

Nous l'avons dit, la garce est une tragédienne. Elle a donc un besoin viscéral de ces coups d'éclat, de ces coups de théâtre, de ces points d'orgue réguliers qui viennent mettre un peu d'huile sur le feu qui la dévore.

Pour quelques chanceux, la rupture décidée par la garce est l'occasion de prendre la poudre d'escampette. Enfin de l'air ! Tout à coup, l'homme ainsi libéré retrouve certains de ses anciens repères cognitifs. Il entrevoit ce qu'il a occulté pendant si longtemps, et en partie perdu... Mais si le lien a été aussi soigneusement tissé que nous l'avons décrit dans les pages précédentes, il y a fort à parier que cette « fugue » de l'homme-proie n'est que temporaire. Seul, sans assistance, un homme ne se soustrait pas aux griffes d'une garce professionnelle.

Le plus souvent, ces esclandres organisés ont l'effet escompté : l'homme revient, encore plus « amoureux », encore plus servile, à nouveau prêt à tout sacrifier pour satisfaire la garce.

10. Elle réactive les ancrages placés dans l'homme

Une autre école de psychologie comportementale (la PNL, ou programmation neuro-linguistique), née, elle aussi, dans les années 1950 à 1970 aux États-Unis, a développé une théorie des « **ancrages** » cognitifs. Pour résumer très succinctement de quoi il retourne, la PNL prétend que, dans une situation de communication donnée, il est possible, grâce à certains mots ou gestes, d'induire un certain type de réaction de son interlocuteur. Pas de manière immédiate, mais dans la durée.

Par exemple : je rencontre Z et lui fais un compliment sur sa bonne mine et son élégance. Ce faisant, je lui saisis le bras avec douceur, pour appuyer mon propos. Il est flatté, évidemment, et en retire un certain sentiment d'aise. Lors de notre prochaine rencontre, si je lui prends le bras de la même manière, et ce, sans pour autant réitérer mon compliment, il ressentira (*a priori*) le même bien-être.

Par son système des engagements et des récompenses savamment dosés, la garce a réussi, presque malgré elle, à mettre en place dans l'esprit de son homme de tels ancrages. Tous ne sont pas positifs, loin s'en faut. Mais en évoquant simplement le bénéfice retiré de certaines « récompenses », elle peut parvenir à réactiver les ancrages positifs qui leur sont associés et, ce faisant, la logique d'engagement.

Si un homme-proie parvient à échapper à sa garce quelques semaines, et qu'il la revoit enfin, il n'est pas besoin d'être grand clerc pour imaginer l'issue des retrouvailles... L'homme a 90 % de chances de rechute. Et même si ce chiffre est de moi, et ne repose que sur une observation personnelle et empirique, j'attends de pied ferme l'étude qui le démentira. Non mais !

Car c'est là toute la puissance de la garce, du système de la garce devrait-on dire, cette capacité non pas à s'accrocher mais à planter, dans l'esprit même de sa proie, les élastiques qui le ramèneront de lui-même au bercail, docilement. Ce retour ne se fait pas toujours sans douleur ni sans accident. Il n'y a pas plus compliqué et chaotique, fait de mille adieux et de mille baisers de retrouvailles, que la séparation et les reconciliations d'une garce et de celui qu'elle a élu.

Mais, contrairement à certaines garces trop pressées, ne brûlons pas les étapes...

AVERTISSEMENT À L'ATTENTION DES HOMMES (ET DES FEMMES) SENSIBLES

Maintenant que vous savez dans les grandes lignes ce que peut bien être une garce, et que vous en avez compris le fonctionnement élémentaire... il est encore temps de refermer ce livre. En un mot : âmes sensibles, s'abstenir. Je vous le dis tout de suite, si vous conservez encore quelques illusions sur l'amour et autres billevesées, si vous vous croyez aimanté à votre moitié par le seul miracle des astres et du slow dégoulinant de l'été 1996, vous allez tomber de haut. De TRÈS haut.

Pire. Si vous pensez que les couples qui durent ont trouvé l'ÉQUILIBRE, savent COMMUNIQUER, font preuve de TOLÉRANCE, et sont mus par une BONNE VOLONTÉ à déplacer des montagnes, bref si vous lisez tous les livres qui entourent celui-ci dans le rayon « développement personnel » de votre librairie, vous allez prendre une sacrée gifle.

C'est un peu gênant à dire, mais tout cela est faux ! Oh, qu'on se comprenne bien, ç'a été vrai, ç'a payé, comme on disait autrefois. Oui, oui, il y avait un temps où chacun avait son identité, son rôle et sa fonction dans le couple, les trois dans un même paquetage donné à l'entrée, et que rien ne devait plus changer. Il y avait un temps où en ajoutant un peu d'homogamie (merci Bourdieu !), un peu de pression sociale et pas mal de nécessité économique (les femmes n'étaient pas autonomes financièrement), on obtenait des couples qui tenaient des vingt, trente ou quarante ans !

Mais tout cela est fini. Vous le savez bien. Arrêtez de vous leurrer, vous aussi. Ouvrez les yeux ! Autour de vous, combien d'unions durent plus de quatre ou cinq ans ? Vous voulez vraiment la réponse ? Pas plus d'une sur deux... Voilà, vous êtes contents ? Vous commencez à comprendre ? Tous ces couples nés sous le signe du grand amour, où chacun jure ses grands dieux qu'il fait tous les efforts possibles... Toutes ces associations d'hommes et de femmes qui placent la barre si haut, et qui se partagent les CD de chanteuses québécoises quelques années plus tard...

Vous pensez vraiment pouvoir y échapper ? Vous vous croyez donc si malin, c'est ça ? À vous on ne la fera pas, hein ? Non l'amour ne dure pas trois ans [1]. *Exit* Beigbeder et les Cassandre aigries dans son genre ! Votre couple, ça va être un vrai amour Tonigencyl, du béton !

Qui a dit qu'un couple c'était « la rencontre de deux névroses » ? C'est bien Lacan, non ? Alors faites les fiers-à-bras si vous voulez. Jurez-vous de l'amour éternel comme s'il en pleuvait. Vous n'échapperez pas à l'évidence. Le couple est une pathologie où chacun apporte ses miasmes. Le problème

1. Frédéric Beigbeder, *L'amour dure trois ans*, Folio, 2001.

n'est donc pas d'éviter le couple, cette maladie. Malades, nous le sommes tous. L'enjeu est de savoir comment vivre le mieux et le plus longtemps possible avec ce dysfonctionnement chronique.

Chapitre 3
Le « GARCE PARADOXE », OU COMMENT LES COUPLES DES GARCES DURENT PLUS LONGTEMPS

Vous êtes-vous déjà demandé, mesdames, quelle était la pire insulte d'un homme à propos d'une femme ? Quel était l'adjectif qui, dans sa bouche, était le plus chargé de condescendance ? Lequel ne contenait pas la plus petite once de désir, au milieu du mépris ?

Allez, je vous mets sur la voie avec ce dialogue « cultissime » du cinéma français : « Écoutez, Thérèse, je n'aime pas dire du mal des gens, mais effectivement elle est gentille. » Ça ne vous dit toujours rien ? Cette phrase d'anthologie, prononcée en son temps par Thierry Lhermitte, est extraite du *Père Noël est une ordure*, une pièce coécrite par toute la troupe du Splendid. Derrière l'humour pince-sans-rire, qui fait encore s'esclaffer près de trente ans après, un constat sans appel. Vous voulez détruire la réputation d'une femme auprès de vos proches ? Dites donc d'elle qu'elle est gentille. Traduisez par niaise, benête, gourde, gourdasse, nouille, coconne, etc. Bref, je ne vais pas vous refaire le coup de la litanie de synonymes. Vous m'avez saisi.

Et qui veut d'une fille « gentille » aujourd'hui ? Y a-t-il encore un homme assez caricatural, dans ce monde largement féminisé, pour attendre d'une femme qu'elle sourie benoîtement en disant *amen* à chacune de ses décisions ? Mais surtout, reste-t-il seulement une femme comme cela, sous nos latitudes ? Nous y reviendrons, mais la question méritait d'être posée.

AVIS AU LECTEUR BUTINEUR ET DISTRAIT : SI VOUS NE DEVEZ LIRE QU'UNE SEULE PAGE DE CE LIVRE, C'EST CELLE-CI !

La garce, ou le piège paradoxal de l'homme moderne

Bien. Sans prétention aucune, résumons quelques millénaires de psychologie masculine en un ou deux paragraphes. Les mauvaises langues féminines ajouteront que ça ne mérite pas plus. Si je prends mon petit Freud à la page « garçon », j'apprends que celui-ci a beau avoir un attachement persistant à la mère, il ne définit sa masculinité que dans le rejet de la féminité. Un homme, contrairement à la femme, n'est pas donné « homme » dès le départ. Il ne se définit en tant que tel que parce qu'il arrive à prouver, à ses propres yeux comme à ceux de son entourage, qu'il n'est pas une femme. Un homme est une non-femme, si vous préférez. Or comment maintenir cet état masculin dans la durée, si ce n'est en fuyant et en rejetant ce principe féminin omniprésent ?

Ce n'est donc qu'en se frottant aux femmes, à une multitude de femmes différentes, et donc en escamotant tour à tour chacune des femmes de sa vie, que l'homme y parvient. Entendons-nous bien ; ce n'est ni un jugement de valeur ni un hoquet machiste. C'est un fait : l'homme d'une seule femme se féminise. Au contact de sa « moitié », sa virilité triomphante fléchit peu à peu, il peine bientôt à affirmer sa masculinité. Quitte à m'attaquer à tous les tabous, j'en briserai un (éditorial, celui-là) qui consiste à renvoyer à l'un de mes précédents ouvrages (*À quoi rêvent les femmes ?... et ce qu'en pense leur homme*, Marabout, 2005, chap. 3 « Une femme parfaite »), où je développe plus largement ce phénomène.

L'homme, c'est donc cette part maudite de l'être humain, ce peuple errant condamné à toujours rechercher la féminité plus loin, et plus loin encore, pour la jeter au loin et courir après. Véritable Sisyphe de la quête d'identité. Pour l'homme, la vie est un terrain de foot et la femme un ballon. Il court après pour mieux shooter dedans et courir encore à nouveau derrière, et ce, tant que la partie continue. On comprend mieux pourquoi les hommes se sentent si à l'aise dans les stades... et les femmes beaucoup moins. Le spectacle y est familier pour les premiers et insupportable pour les secondes.

Fugueurs impénitents, éternels insatisfaits, les hommes sont largement entretenus dans ce schéma par le comportement d'une majorité de femmes. À vouloir à tout prix les fixer, les retenir, les amadouer, les domestiquer, ils n'en développent que plus encore cette propension naturelle à prendre la poudre d'escampette. Cherchez à apprivoiser un homme en douceur, et il n'aura de cesse de vous filer entre les mains. Et comme ne manquait pas de le répéter à l'envi John Malkovich dans le film *Les Liaisons dangereuses* (adapté du roman épistolaire de Choderlos de Laclos par Stephen Frears), au moment de rompre avec Michelle Pfeiffer : *« It's beyond my control. »* Littéralement : « C'est plus fort que moi. » Comme cela est juste et joliment dit ! Pensez-y, messieurs, pour votre prochaine rupture !

Le premier paradoxe, c'est que cette versatilité des hommes les pousse à rompre plus rarement que les femmes. Ce sont elles, agacées par cette fuite en avant, qui décident le plus souvent de mettre un terme à la relation (elles sont à l'origine de 75 à 80 % des divorces).

Or si l'homme fuit le principe féminin pour redéfinir constamment sa masculinité, que se passe-t-il donc quand il est confronté à une femme qui, en apparence, ne se comporte pas tout à fait comme les autres femmes ? Il n'y a évidemment pas UNE réponse à cette question, mais ce qui est certain, c'est que la garce s'inscrit exactement dans cette problématique.

Nous avons évoqué au chapitre précédent comment le piège de la garce se referme sur l'homme qu'elle a pris pour cible. Difficile d'y voir une absence de féminité. Bien au contraire. Cette femme qui exige, qui exacerbe le désir de l'homme, qui parvient à ses fins sans pour autant prendre l'homme de front, cette femme-là, si elle est bien garce, n'est pas pour autant une femme masculinisée. Elle est même une surfemme, une femme radicalisée, exacerbée, en quelque sorte un parangon de féminité. Beaucoup pensent que les femmes qui prennent le pouvoir sont devenues des hommes : voilà la preuve qu'ils ont tort. Le pouvoir n'est pas l'apanage des hommes. Le pouvoir est clairement la conséquence d'une surdose de genre, quel qu'il soit. De masculinité comme de féminité.

Et qu'est-ce, selon vous, qu'une surfemme, une femme toute-puissante que nous suivons aveuglément... si ce n'est une mère ?

Le psychanalyste de base que vous ne manquerez pas, messieurs, de consulter dès les premiers symptômes, n'aura aucun mal à comprendre la situation. C'est limpide. Sous l'action de la garce, l'homme revient en effet à ce stade crucial de son développement, celui de l'apprentissage de la propreté. Un stade où il apprend à la fois la validation de ce qu'il fait de bien et la punition pour ce qu'il fait de mal. C'est bien cela : la garce se pose en mère normative et validante, mais selon des critères nouveaux, et changeants. Il est à ce propos amusant de noter à quel point la plupart des garces, selon les témoignages recueillis, s'attachent aux aspects physiques et hygiéniques de l'homme qu'elles dominent. Je ne citerai qu'un exemple, hurlant d'évidence, et presque drôle tant il est facile à décrypter. L'anecdote m'a été contée par Louis.

Le système de la garce

Petite scène de genre n° 1 : « La propreté »

À l'époque des faits, Louis sort tout juste d'un divorce assez douloureux. Il a rencontré depuis peu Zoé, qui lui plaît beaucoup. Il trouve que Zoé est un peu capricieuse, mais surtout... Zoé lui plaît beaucoup. Vous vous en doutez, Zoé est une garce pur jus, mais Louis ne voit encore rien venir. Pourtant, dès le début, surviennent de drôles d'épisodes. Précisons que Louis ne vit alors pas avec Zoé. Il a conservé son appartement.

Un soir, assez tard, alors qu'il a passé la nuit précédente chez elle, Zoé l'appelle à son domicile et, sans même lui dire bonjour, lui intime l'ordre suivant : « Tu sors tout de suite et tu vas acheter un désinfectant intestinal, quelque chose contre les oxyures. » Louis est un peu surpris. Il demande logiquement pourquoi, cherche à savoir ce qui se passe exactement. « Allez, n'attends pas un instant, je suis très sérieuse. Ce n'est pas grave, mais il faut absolument que tu ailles demander un médicament pour te purger à la pharmacie. » Il est déjà tard, et la pharmacie de garde n'est pas franchement à côté de chez Louis.

Il insiste pendant plus de 20 minutes pour savoir de quoi il retourne, mais Zoé tient bon et persiste dans ses recommandations dépourvues d'explications. Après un dialogue houleux, elle finit par lui dire les faits : elle a retrouvé des

« vers » intestinaux dans ses draps. Et, puisqu'elle n'a rien, elle en est sûre, c'est forcément Louis qui est en cause. Louis est mal à l'aise. Il est très propre. Il n'a jamais eu ce genre de petits désagréments. Mais plus que tout, il est déstabilisé par la manière très abrupte, très péremptoire qu'a eue Zoé d'aborder ce sujet pas vraiment romantique. Il la laisse quelques instants, se rend aux toilettes où il constate qu'aucun parasite n'infeste *a priori* son intestin, et revient au téléphone.

Malgré l'évidence – Louis n'a rien –, Zoé insiste plus fermement encore, et pose sa prise de médicament comme une condition pour qu'il revienne jamais dormir chez elle. Louis n'a plus le choix. Il sort de chez lui, galère pour trouver une pharmacie de garde, achète le médicament et l'avale.

Ainsi traité, il est autorisé à revenir chez Zoé dès le surlendemain. Là, sans un mot d'excuse, avec un sourire plus amusé que gêné, Zoé admettra que Louis n'y est pour rien et que c'est Candy, son jeune yorkshire, qui est à l'origine de la pollution des draps.

Ou comment un homme adulte, plutôt sain d'esprit (et de corps), se fait ravaler au rang de bébé sale qui a fait hors de son pot...

L'histoire parle d'elle-même. Les garces donnent un « script », un sens à la vie des hommes qu'elles manipulent, lesquels ne savent plus quel rôle incarner. Leurs notions de ce qui est « bien » ou « mal » sont soudainement chamboulées, sans cesse remises à plat et redéfinies par les impératifs changeants de la garce. Ballottés par ces injonctions aléatoires, ils sont peu à peu infantilisés. Admettons au passage que certains hommes, selon leur tempérament et leur humeur du moment, apprécient cette déresponsabilisation. Même s'ils se contredisent, même si l'on vit dans la peur permanente de « faire mal », il n'y a qu'à suivre les ordres. Se laisser porter. Et plus rien d'autre...

Nous avons vu aussi que les garces avaient de fait des armes beaucoup plus subtiles et plus efficaces que la moyenne des autres femmes. Je vous renvoie au chapitre précédent pour en goûter le détail. Et c'est LÀ QUE RÉSIDE TOUT LE PARADOXE ! Les techniques de manipulation de la garce sont si puissantes, si efficaces, que cette surfemme, qui devrait faire fuir les hommes plus vite encore que les autres, est la seule (ou presque) à savoir les retenir. En étant plus femme que femme, en étant cette mère toute-puissante, elle comble et tue dans le même mouvement leur soif de nouveauté et d'éphémère. En aimant une femme qui a raisonnablement tout pour les faire fuir – sauf par masochisme pensent les observateurs extérieurs –, ils s'y agrippent plus sûrement encore qu'à une femme plus douce et plus aimante, qu'ils auraient (eux) immanquablement envie de quitter à plus ou moins long terme. On ne parlera plus ici d'injonction mais bien d'aimantation paradoxale.

De fait, en les malmenant comme elle le fait, la garce amène périodiquement les hommes à ce point de rupture qu'ils recherchent par-dessus tout. Elle les y amène, pour mieux les faire revenir aussitôt dans son giron. Mais au moins ont-ils ressenti ce frisson de l'inéluctable, cette sensation que tout est fini et dont on a vu que la garce savait jouer avec virtuosité. La femme « ordinaire », elle, par ses exigences plus molles, par son amour plus envahissant, éloigne les hommes de ce point de rupture tant désiré. Faute de ce piment, ils vont devoir le créer de toutes pièces (mensonges, tromperies, rêveries éveillées, etc.).

En un sens, et ce n'est pas le moindre effet du « garce paradoxe », il n'y a pas plus fidèle que le compagnon d'une garce !

La garce, ou la maîtresse intégrée

Ainsi, il est fort rare de voir l'homme-proie d'une garce la tromper. Elle peut bien l'entretenir dans une frustration (y compris sexuelle) à peine soutenable, il ne songera pas un instant à la cocufier. Le système de la garce, en intégrant dès l'origine sa propre fragilité, est d'autant plus apte à étouffer de tels risques. Il est d'ailleurs étonnant de voir comment les garces prennent un plaisir malin, pour ne pas dire pervers, à se comparer. Si certaines femmes le font par jeu, ponctuellement, elles évitent d'éveiller l'attention de leur homme sur d'autres femmes. Ce n'est pas ce que retient la garce, bien au contraire !

LE SYSTÈME DE LA GARCE

PETITE SCÈNE DE GENRE N° 2 : « LES GROS SEINS »

Une garce et son homme se promènent dans la rue. Il fait beau et plutôt chaud. Les femmes sont court-vêtues et dévoilent leurs plus beaux atours. Ils croisent une jeune femme à la poitrine superbe, que le décolleté met bien en valeur.

« Tu as vu les seins de cette fille ! Waou, quelle poitrine ! Je suis sûre que tu aimerais toucher des seins pareils, non ? Moi, si j'étais un mec, je me damnerais pour une paire de "wawa" comme ça ! »

L'homme, normalement constitué, nie sans grande conviction, se défile, change de sujet.

« Mais si ! Je t'assure ! Regarde, en plus on voit les tétons qui pointent. Tu ne veux pas aller lui demander si tu peux les toucher ? À ton avis, c'est des vrais ? »

L'homme maugrée, se renfrogne ou lance une plaisanterie vaseuse pour sortir de la situation.

« Allez, vas-y ! Qu'est-ce que tu risques ? Elle est mignonne en plus ! »

Voilà le genre de tentations que la garce s'amuse sciemment à entretenir. Car elle a tout compris, la garce. Elle sait que, plutôt que de nier le danger, de faire comme si les autres femmes n'existaient pas, il est beaucoup plus efficace de les « intégrer » à leur relation. Puisque le tiers (ou plus exactement la « tierce ») viendra forcément hanter un jour ou l'autre l'esprit de son homme, autant l'accueillir et désamorcer dès maintenant ses effets délétères.

Goût de l'adultère, frisson de la rupture, la garce apporte dans sa musette tout ce que son homme cherchait ailleurs, dans ses relations précédentes. C'est sa force. Elle a toujours un coup d'avance. Elle anticipe. Comme la meilleure des vendeuses d'électroménager, elle sait ce que son homme veut avant même qu'il en ait lui-même la moindre idée. Et la moindre conscience. Elle connaît son petit mâle illustré sur le bout des doigts. Et puisque le mâle en question veut toujours aller voir ailleurs, elle va faire en sorte que « ailleurs » ce soit encore elle, avec elle, pour elle.

Pour ce faire, elle impose à l'homme une transparence totale, intolérable pour lui. Lui qui entretient ses petits secrets avec passion, son jardin japonais de fantasmes en tous genres, le voilà sommé de tout dire, de tout montrer, de tout justifier. La garce, c'est un *Big Brother* en jupons. C'est *Big Sister*! « Le patriarcat c'est l'accumulation des petits et des grands secrets, pour se forger en dehors de la mère ; le matriarcat c'est la transparence, la mise à mort de tous les secrets, la fusion planétaire », analyse en substance Éric Zemmour dans *Le Premier Sexe*[1].

Voilà bien ce qu'exige de vous la garce : la mise à bas des non-dits, la fin des fantasmes. Et si fantasmes il y a, ils doivent être connus d'elle, voire venir d'elle. La garce digne de ce nom réussit ce tour de force d'être elle et une autre, de

1. Éric Zemmour, *Le Premier Sexe*, *op. cit.*.

réaliser cette « fusion » mythique entre la maman et la putain (voir sur le sujet le film de Jean Eustache, *La Maman et la Putain*). Plus besoin de courir sans cesse vers une autre femme : « Je suis toutes les femmes, semble-t-elle clamer. Je suis un tel concentré de féminité que je peux être tour à tour chacune des femmes que tu as connues... et même celles que tu ne connais pas encore et que tu pourrais connaître. » La garce a cette ambition folle d'épuiser chez l'homme tous les possibles de la féminité. Passés, présents et mêmes futurs. Vous savez, quoi ? Le pire, c'est que dans une certaine mesure, elle y parvient !

Oh, mon amour ! Mon aliénation chérie !

On comprend mieux, désormais, comment le piège de la garce se referme sur les hommes. Et surtout pourquoi il est conçu, dans sa définition même, pour durer et pour fixer les hommes, même les plus volages. J'ai parlé, au chapitre précédent, de la « promesse » comme condition première du système de la garce. Mais j'aurais dû mettre le mot au pluriel. Car cette promesse contient bien toutes les promesses. Comme le dit l'expression populaire, très imagée, la garce est celle qui en fait voir de « toutes les couleurs » à l'homme. Il est troublant d'ailleurs de constater que cette expression, que nous comprenons aujourd'hui comme menaçante, revêt pourtant un sens littéral plus que positif. Celle qui en fait voir de toutes les couleurs est bien celle qui élargit notre palette, qui nous sort de l'ennui monochrome. Évidemment, ça bouge, ça change, ça chahute dans les virages, mais qu'est-ce qui est plus riche au final, entre un arc-en-ciel et un ciel uniformément gris ?

Pour vous confier un peu de mon passé « garcier », je me souviens bien de ce qu'aimait dire cette garce avec qui j'ai partagé quelques années de ma vie : « Si je n'étais pas comme ça, tu t'ennuierais, avoue ! Au fond, tu adores ça. »

Ai-je jamais « adoré » cela ? Je ne serai pas aussi catégorique qu'elle l'était. Si j'ai marché dans la combine un certain temps, il est vrai, je n'en suis pas moins ressorti « exsangue ». La relation qu'offre la garce est aliénante, il n'est pas possible d'en douter (voir le chapitre 2). Le paradoxe – revenons-y – c'est que cette aliénation est la source même de la pérennité des couples ainsi constitués. Le couple dominé par la garce a une espérance de vie supérieure aux autres, justement parce qu'il repose sur l'aliénation. Tout est là.

Comment renoncer en effet à une femme qui donne si peu, mais qui promet tant ? Ça vous paraît absurde ? À votre place, je ne rirais pas. Car c'est sur ce même critère que nous élisons nos dirigeants depuis des centaines d'années. Et, comme vous l'aurez remarqué, le fait de le savoir ne change rien à nos habitudes de vote. Pas besoin de nous forcer la main ou de nous mettre le pistolet sur la tempe. Nous y allons de nous-mêmes, comme un seul homme. A-t-on jamais élu un père tranquille, un gestionnaire raisonnable, un technicien avisé ? Non. Et les résultats ne servent à rien. Vous voulez une preuve ? La déconvenue de Lionel Jospin en 2002 est encore présente dans toutes les mémoires. Jospin était probablement le premier chef de gouvernement depuis des lustres à se présenter devant les électeurs avec un bilan correct. Un homme intègre, aux dires de tous. Et pourtant, un éternel *looser* des scrutins d'envergure.

La garce ne procède pas autrement. Plus elle nous aliène, plus ses actes sont en évidente contradiction avec ce que nous espérons d'elle, et plus nous plongeons. Car l'homme, qu'il soit électeur ou amoureux, se nourrit plus de rêves que de bienfaits.

Évidemment, cette distorsion entre le bénéfice attendu et les effets bien réels n'est pas sans conséquence. Je ne parle pas de la déception, inhérente au système et même, dans une certaine mesure, motrice, puisqu'elle alimente sans cesse l'espoir de ne plus être déçu. Je parle plutôt de l'enfermement, de l'isolement, de la dépendance et de ses spasmes... Mais pour en savoir plus sur les dommages collatéraux de la garce, je vous renvoie au chapitre suivant.

Existe-t-il un « homme à garces » ?

À relire les pages qui précèdent, je me fais froid dans le dos. Vraiment. Comment puis-je écrire des choses pareilles ? Car si vous avez tout bien suivi, il apparaît que pas un homme – je dis bien PAS UN SEUL – n'est à l'abri des assauts d'une garce sûre de son fait. C'est terrible, je le concède, mais c'est VRAI. D'ailleurs, je ne vais faire la morale à personne, et surtout pas à mes compagnons d'infortune, car j'ai cédé moi aussi à leurs sirènes, et plutôt plus souvent qu'à mon tour.

Alors, si chaque homme peut en effet être la cible d'une garce, pourquoi celle-ci jette-t-elle son arsenal nucléaire sur tel homme plutôt que sur tel autre ? En clair, y a-t-il un profil type d'homme à garces ?

Je me permets de récuser par avance les protestations qui ne manqueront pas de fuser : « Même les garces tombent amoureuses ! » « Elles peuvent bien avoir leurs goûts, après tout. » Non. Ceux qui croient encore ça n'ont rien compris. La garce est une machine de guerre. La garce ne choisit pas, elle sélectionne. Elle n'aime pas, elle applique un programme. Oh bien sûr, selon son éducation et son milieu d'origine, elle cédera à un petit penchant personnel, pour départager deux « C.V. » aux compétences identiques. Mais ce cas de figure mis à part, la garce choisira toujours, entre deux aspirants à la servitude, le plus faible et le plus malléable d'entre eux.

J'ai pu constater, pour les avoir moi-même fréquentées assidûment, que les garces se compliquent rarement la tâche. Il y en a bien quelques-unes qui aiment la difficulté, qui aiment se frotter à des cas moins perméables, plus résistants. Mais c'est loin d'être la majorité. La garce a beau être sûre de son système, elle ne prend généralement aucun risque. Et comme elle est un prédateur solitaire, il n'y a personne pour lui refiler la consigne. Chaque garce doit intégrer par elle-même les profils des proies les plus faciles qu'il lui faudra rechercher. Comme les choses sont bien faites, ces profils sont plutôt courants.

Le fifils à sa maman

Il passe du nid maternel au piège de la garce sans presque s'en rendre compte. Habitué qu'il est à une prise en charge de tous les instants, il n'envisage pas qu'il puisse y avoir d'autres femmes que celles-là. Avec l'allongement des études et le phénomène croissant des jeunes adultes vivant sous le toit familial jusqu'à un âge avancé, cette catégorie de proies faciles a de beaux jours devant elle.

Le divorcé ou le trahi

Dans les deux cas, ce sont des déçus de la relation à l'autre sexe. Ils sont plus perméables aux techniques d'approche de la garce car premièrement leur vigilance est affaiblie, deuxièmement leur désir de construire une meilleure relation est très fort, enfin leur besoin de consolation est impossible à rassasier (tiens, j'ai déjà lu ça quelque part... [1]).

La poire

Il n'est pas aussi rare qu'on veut bien le croire. Pendant féminin de la brave fille, le gentil garçon est déjà assez content qu'on veuille bien de lui. Certes, il ne comprendra pas trop dans quel manège infernal il a embarqué mais, au

---

1. Stig Dagerman, *Notre besoin de consolation est impossible à rassasier*, Actes Sud, 1993.

bout du compte, sa candeur le préservera mieux des effets nocifs de la garce que les autres.

Le looser

Chômeur de longue durée, éternel stagiaire ou malchanceux chronique, il s'est fait une raison. Tout va de travers dans sa vie et c'est comme ça. Avec ses promesses plein le panier et sa pugnacité de panzer, la garce peut avoir pour lui plus d'un charme. Avant qu'il comprenne qu'il vient d'écoper d'une plaie de plus, évidemment...

L'idéaliste

Célibataire endurci, tombeur invétéré ou tout simplement homme exigeant, il ne trouve rien d'assez ambitieux pour lui, en matière de vie à deux. Rien ne le désespère plus que la platitude du quotidien, dans un couple ordinaire. Alors, quand la garce débarque avec ses promesses premier choix et ses exigences de reine mère, certains tombent volontiers dans le panneau.

Le dompteur

Pour lui, la garce n'est pas une bénédiction mais un défi : 100 % lucide quant à la nature de la donzelle, il se met en tête de la plier à SON système. Mission impossible, bien sûr, mais tant qu'il n'a pas essayé au moins une fois, il brûle à l'envie de s'y frotter.

L'archéo-macho

Pour la garce, c'est lui le défi ! Si sûr de lui, si bien campé dans ses préjugés misogynes d'un autre âge, il excite chez la garce son instinct de prédation. De son côté, tout surpris qu'on lui tienne tête de la sorte, il peut relever ce challenge... et y perdre son panache, bien sûr.

Pour ne rien vous cacher, j'ai failli assortir ces profils de conseils destinés aux autres. À ces hommes qui ont encore une petite « chance » d'échapper à la déferlante des garces. Mais est-ce vraiment une « chance » ? Veulent-ils vraiment y couper, ces hommes ? Au vu des lignes précédentes, la seule chance de repousser la DLC (date limite de consommation) de leur couple n'est-elle pas d'y introduire une garce ? Alors, je me suis abstenu...

Chapitre 4
La garce et ses dommages collatéraux

Moi, je vous le dis, j'ose vous l'affirmer les yeux dans les yeux : vous avez été mal éduqués. Je m'adresse à vous, messieurs, qui lisez ce livre par-dessus l'épaule de votre femme ou de votre compagne (une garce ?). Alors comme ça, on va se prendre sa petite garce rien qu'à soi, on va se fouetter le sang juste ce qu'il faut pour pimenter le quotidien avec bobonne, et emballé, c'est pesé ?

Non, non, non. Dites donc, ce serait trop facile... Si vous pensez retirer de la fréquentation des garces vos seuls petits bénéfices égoïstes, c'est que vous n'avez décidément rien compris au système de la garce (exposé au chapitre 2). Si adopter une garce – ou plus exactement se faire adopter par une garce – est en principe un gage de longévité, il serait malhonnête de ma part de vous en cacher les effets secondaires. Vous savez, comme ces notices de médicaments où, sous la mention « Effets indésirables », on retrouve un très succinct « Divers », qui veut dire à la fois tout et rien – mais laisse surtout présager le pire... Remarquez, quand ladite notice expose une liste d'effets secondaires longue comme le bras, vous n'êtes pas rassuré pour autant. Mais, au moins, vous savez à quoi vous attendre.

Avec la garce, au premier abord, aucun avertissement à l'entrée, pas de WARNING ou de ATTENTION, CECI EST UNE GARCE. Mais si on devait lister de manière exhaustive tout ce que la garce met en vrac dans votre vie, ce livre tout entier n'y suffirait pas.

Si tant est que vous ayez gardé un rien de conscience et de libre arbitre (rien n'est moins sûr, voir encore le chapitre 2), si vous écoutez encore votre entourage, se posera sans doute la question du choix. Le même qui se pose devant la boîte de médicament : le bénéfice attendu vaut-il que je m'expose à tous ces effets secondaires ?

Je vous répondrai exactement ce que vous répondrait le pharmacien : personne n'a jamais TOUS LES EFFETS À LA FOIS. Personne, vraiment ? Eh bien, c'est là que la garce diffère des remèdes allopathiques dont nous nous gavons à longueur d'année. Selon les « modèles » et la réceptivité du sujet mâle (voir les sujets les plus perméables au chapitre 3), la garce peut provoquer TOUS LES EFFETS, ou presque.

C'est un risque. Il faut donc le savoir. Ne pas s'étonner ou encore moins s'insurger. « Tu l'as voulu, tu l'as eu ! » dit la sagesse populaire. L'homme qui se formaliserait des petits désagréments induits par sa garce serait comme un explorateur qui viendrait se plaindre des moustiques ou de l'absence d'eau chaude en pleine savane. Bref, si vous plongez, vous ne pourrez pas dire QU'ON NE VOUS AVAIT PAS PRÉVENU.

J'accepte par la présente l'ensemble des CGG (conditions générales de ma garce)*, y compris les effets secondaires listés ci-dessous. Je ne pourrai en aucun cas porter réclamation contre l'auteur de ce livre ou contre son éditeur, au motif desdits effets.

(Cochez ci-dessous et cliquez avec votre doigt sur le bouton Envoyer.)

☐

Envoyer

* La version intégrale des CGG peut vous être envoyée GRATUITEMENT, par pigeon voyageur, les années bissextiles exclusivement et contre cinq carnets de timbres au tarif en vigueur. N'hésitez pas.

Je dirai même mieux. C'est justement parce que vous apparteniez à un profil compatible avec le système de la garce que vous êtes tombé dans le panneau. Vous avez eu l'illusion du choix... sans l'avoir jamais vraiment eu (voir l'importance du sentiment de liberté dans le processus d'adhésion à la garce, au chapitre 2). Donc, que les effets secondaires vous plaisent ou non, je suis désolé de vous l'apprendre, mais il va bien falloir faire avec !

Note à l'attention de votre entourage

Vous êtes le frère ou la sœur, le parent ou tout simplement l'ami(e) d'un homme dont vous pensez qu'il est victime d'une garce ? Le panorama ci-dessous doit vous aider à détecter (sur lui) les symptômes les plus courants.

N'hésitez pas à lui en parler, mais surtout n'intervenez pas sans lui en avoir parlé au préalable. Les intrusions inopinées dans le système de la garce ont généralement pour effets une crispation et une radicalisation de son application. Prudence, donc !

Les effets immédiats

La garce, je vous préviens, c'est vraiment ce que ma grand-mère appelait un remède de cheval ! Mais ce qui est troublant, avec la garce, ce qui « endort » la proie et fait tomber sa vigilance, c'est que l'on commence par le meilleur. En effet, dès le premier contact, l'homme-cible est subjugué par la fameuse « promesse » faite par la garce. Cette promesse, répétons-le, est d'autant plus efficace qu'elle correspond en tout point aux attentes de l'homme. Car la garce sait s'adapter, et adapter son discours. Elle sait donc déceler les besoins de l'homme et programmer sa « promesse » en fonction d'eux.

À ce stade, qui correspond à l'étape 1 définie dans le tableau synoptique du système de la garce (chapitre 2, p. 46-47), les effets indésirables sont rares, ou faibles. Si le sujet masculin ressent une gêne, elle demeure légère et difficile à localiser. C'est l'époque du « Je ne mérite pas ça » ou du « C'est trop beau pour être vrai ».

Pensées négatives et culpabilisantes que son entourage (les fous !) se fait généralement un devoir de chasser bien loin.

Mais dès l'étape 2, les problèmes commencent... Et comme le système de la garce se veut complet, il s'attaque à tous les niveaux.

Les effets physiques

– **L'amaigrissement ou le grossissement** : selon les cas, le sujet réagit au doute et au manque par l'un ou l'autre de ces comportements compulsifs à l'égard de la nourriture.

– **Les symptômes du stress (légers)** : cela peut prendre la forme de difficultés digestives, de constipation ou de diarrhées, mais aussi très fréquemment de manifestations cutanées légères (eczéma, rougeurs sur le visage, etc.).

Les effets matériels/organisationnels

– **Les dépenses excessives** : pour l'instant, rien de grave, mais le budget « sorties » du sujet atteint explose littéralement. Il n'est évidemment pas question qu'une garce participe à ce type de frais...

– **Le relâchement au travail** : dès le début, la garce exige de sa proie une disponibilité et une attention de chaque instant. Le travail de l'homme, ce monstre consommateur de temps, est donc l'un de ses ennemis jurés. Elle va, insidieusement, vous inciter à « lever le pied », même si cela peut nuire à votre progression, voire hypothéquer votre maintien dans l'entreprise.

– **Le réaménagement progressif du lieu de vie** : à ce stade, elle n'exige pas encore de sa proie qu'il emménage avec elle mais, à chaque fois qu'ils se retrouvent chez lui, elle fait des remarques insistantes sur la décoration ou le mobilier. Il se sent vite obligé de rendre conforme son lieu de vie à ses goûts à elle.

Les effets émotionnels

– **L'exaltation** : la promesse joue encore pleinement son rôle d'aimantation et, comme elle n'a pas encore été tenue, elle électrise littéralement l'homme-proie. Celui-ci peut, par exemple, s'extérioriser d'une manière inhabituelle pour lui. Paradoxalement, tout son entourage le trouve très joyeux et personne ne se fait de souci pour lui.

– **La tension/nervosité** : sous la façade guillerette, il n'est pas difficile de ressentir déjà une tension importante, à la mesure de l'enjeu. L'homme-proie se fait plus maladroit, distrait, gaffeur...

Les effets relationnels

– **La prise de distance** : absorbé par sa garce, il se fait moins disponible pour ses proches, ses amis, sa famille. Il maintient bien un lien, mais l'essentiel de ce qu'il a à raconter... concerne sa garce, son nouveau « grand amour ».

– **L'irritabilité** : c'est la conséquence immédiate de la nervosité décrite ci-dessus. Il ne supporte plus rien qui ne soit directement lié à sa garce et à sa promesse. Tout ce qui lui semble être un obstacle sur le chemin qui le mène à elles, même minime, même temporaire, lui est désormais insupportable.

Les effets à moyen terme

Nous voilà aux étapes 4 et 5 du système de la garce (voir p. 46-47). Notre homme-proie est alors bien ferré. L'hameçon planté dans son palais, il ne dispose déjà plus que d'une liberté de mouvement très limitée par rapport à sa garce. Et si le contrôle n'est pas encore total, ce n'est plus qu'une question de temps. Tous les éléments du décor sont en place. Le « drame » peut se jouer sous vos yeux stupéfaits.

Les effets physiques

– **L'amaigrissement ou le grossissement** : si le problème ne s'est pas stabilisé dès les premières semaines, il n'est pas rare alors qu'il s'aggrave.

– **Les symptômes du stress (lourds)** : là aussi, les symptômes se font plus présents, et parfois même se combinent (digestion, problèmes de peau, douleurs dans le dos, état de fatigue généralisé, etc.).

– **Le changement de look** : toute bonne garce qui se respecte cherche à transformer l'apparence de l'homme qu'elle choisit. Il est très classique de voir alors l'homme-proie changer progressivement de look (vêtements, lentilles, coupe de cheveux, soins du visage, etc.).

Les effets matériels/organisationnels

– **Les dépenses somptuaires** : c'est le temps des gros achats. La garce se met à gravir les échelons de ses exigences et le montant des « cadeaux » accordés s'en ressent : voyages, bijoux, voiture, etc. Il n'est pas rare de voir l'homme « cramer » alors ses petites économies ou contracter des crédits.

– **Le changement de travail** : son incurie des dernières semaines a laissé des traces. Et puis, la garce le pousse à trouver mieux, un emploi plus conforme à ses ambitions à elle. On est au cœur même du paradoxe : elle le traite plus bas que terre mais, professionnellement, ce doit être un battant, un *winner* !

– **La vie commune** : ça y est, il a craqué. Comme il ne peut plus se passer d'elle, il a accepté de déménager. Évidemment, c'est lui qui sacrifie son confort, selon son goût et ses exigences à elle. Le plus fort, c'est que le plus souvent c'est lui qui réclame cette vie commune !

Les effets émotionnels

– **Le désarroi** : c'est aussi le temps des fameuses injonctions paradoxales. L'homme est contraint de faire des choix cornéliens où il s'agit toujours de la préférer elle, la garce, au reste du monde. S'il est correctement ferré, il est alors capable de sacrifier ceux (ou ce) à qui (à quoi) il tient le plus pour la contenter : enfants d'un premier mariage, amis proches, etc.

– **Le plaisir fugitif** : la garce est supposée lui avoir offert une petite gratification qui maintienne bien vivante la « flamme » de la promesse. Mais si le plaisir est au rendez-vous, il est si violemment contredit par le comportement général de la garce que l'hiatus entre les deux est incompréhensible et de plus en plus douloureux pour l'homme.

– **La déprime** : la manipulation dont il est désormais le jouet éveille en lui des conflits intérieurs difficiles à supporter. Il est alors fréquent qu'il s'abîme dans une sorte de mélancolie, ou qu'il soit sujet à des crises de larmes.

– **L'autosuggestion** : s'il perçoit bien à présent les traits de caractère nocifs de sa garce, ses comportements étranges, il se convainc tout seul SOIT de sa propre responsabilité dans cette situation, SOIT d'une mission qu'il se donne d'humaniser sa garce (peine perdue, bien sûr).

Les effets relationnels

– **La coupure avec l'entourage** : il ne donne plus de nouvelles, ne voit plus grand monde. Il a intégré la « bulle » de la garce et cela exclut à peu près quiconque d'autre. Il peine à trouver des excuses à son indisponibilité pour ceux qu'il croise encore, ou qu'il joint au téléphone. Alors il préfère ne plus les voir, ou ne plus les appeler.

– **Le rejet de ceux qui le mettent en garde** : nous l'avons vu au chapitre 2, l'homme-proie est alors programmé par la garce pour défendre son système. Comme il a l'illusion d'avoir fait tous ces choix librement, il ne supporte pas qu'on les lui reproche. Il en vient donc parfois à se brouiller avec ses meilleurs amis, qui « n'ont rien compris à leur amour ». Ben voyons...

Les effets sur l'homme complètement « engarcé »

L'homme « engarcé » correspond aux étapes 6 à 10 du système de la garce. La marche arrière n'est plus de mise. Il est désormais totalement sous sa coupe. Et, comme vous allez le voir ci-après, ça n'a rien d'une sinécure. Je le dis et le répète : la garce est une drogue dure.

Les effets physiques

– **L'amaigrissement ou le grossissement** : si le phénomène n'a pas été endigué à moyen terme, il est à son point culminant. Ainsi Nicolas, trente-cinq ans, m'a confié avoir pris plus de 25 kilos en deux ans de cohabitation avec sa garce. Une prise de poids qu'elle ne manquait pas de lui reprocher constamment, cela va sans dire...

– **Les symptômes du stress (graves)** : ulcère, spasmes, spasmophilie... Parvenue à ce point, l'accumulation de stress se manifeste souvent de manière spectaculaire chez l'homme concerné. Si spectaculaire que certains déploient des stratégies insensées pour nier, voire cacher ses effets à leur entourage.

Les effets matériels/organisationnels

– **Une décision lourde de conséquences** : faire un enfant ensemble, acheter une maison, adopter l'enfant d'un premier mariage, se marier... les garces ont l'embarras du choix quant à l'exigence « lourde » qu'elles formulent. Les plus douées d'entre elles les expriment en cascade : « Si tu m'aimes, on fait un enfant, si on fait un enfant, il faut se marier, et si on se marie, il faut qu'on ait une maison à nous. » CQFD !

– **La séparation de corps** : dans le dispositif prévu par la garce, il y a toujours un moment qui prévoit la séparation. Rien de mieux qu'une petite séparation pour faire revenir l'homme comme un vulgaire toutou. Cette séparation est plus ou moins longue et lourde de conséquences. Arnaud, au cours des quatre années qu'a duré la relation avec sa garce, Claire, a déménagé pas moins de sept fois. Un va-et-vient épuisant... et ruineux.

Les effets émotionnels

– **La peur** : comme la garce le fait vivre dans la menace permanente de la fin de leur relation, mais aussi parfois de représailles légales ou physiques, l'homme-proie est passé du désarroi à la peur. Peur de ses réactions, peur de ce qu'elle est capable de faire, etc.

– **La souffrance** : chaque mot le crucifie, chaque reproche l'humilie ; face à elle, il est devenu une sorte de plaie vivante, et un rien le plonge dans un état de douleur indescriptible.

– **L'autodestruction** : quand il ne songe pas à prendre la fuite (il en est bien incapable), il pense au contraire à s'abîmer plus profondément encore dans cette relation prison. Il est prêt à boire la coupe jusqu'à la lie et est même parfois à l'origine des actes d'engagements lourds évoqués plus haut.

Les effets relationnels

– **L'isolement** : les contacts avec l'entourage sont presque nuls. Il se sent très seul. Il rêve qu'on vienne « le sortir de là », mais, bien sûr, cela n'arrive pas.

– **La méfiance** : la dégradation de ses relations avec ses proches le rend méfiant. Il a, de fait, de plus en plus de mal à nouer de nouveaux liens amicaux. La garce voulait faire le vide autour de lui et elle y est parvenue.

Un bénéfice paradoxal, lui aussi ?

Étant donné ce que la garce fait subir à son homme, ce dont j'ai donné un rapide aperçu, la pérennité du couple « garcier », exposée à grands renforts d'arguments au chapitre 3, est-elle une chose si enviable ?

Soit. Il faut bien que j'admette cette contradiction. Elle tient debout, cette contradiction. C'est vrai après tout...

Pourquoi un couple moderne, un couple équilibré, un couple où la fameuse question du « tiers » et du désir vagabond n'a pas été évacuée mais au contraire prise en compte, pourquoi ce couple-là ne serait pas préférable à un couple « garcier » ? OK ! Je veux bien. Mais vous en connaissez combien, vous, personnellement je veux dire, des couples comme ça ? On est d'accord... moi non plus.

Ou alors c'est qu'on s'en fiche. Oui, c'est ça. C'est qu'on accepte que le couple ne soit plus que cet état transitoire, par tranches de quatre ou cinq ans, avec de grandes périodes de célibat « bridgetjonessien » entre deux. Pourquoi pas, après tout ? Qui a dit que le couple était l'*alpha* et l'*omega* de nos vies affectives ? Qui a dit que faire tenir un couple à tout prix, contre vents et marées, était la seule solution envisageable ? Quand on y réfléchit bien, ça tombe presque sous le sens. On cherche à obtenir les mêmes résultats que nos grands-parents (un couple qui dure), mais pas du tout avec la même donne ni les mêmes outils. Forcément, ça ne peut pas marcher. Alors pourquoi ne l'admettons-nous pas ? Pourquoi n'assumons-nous pas notre destin de couples « fissionnels [1] », qui ne vivent ensemble que les bons moments et réservent le reste à leurs instants de célibat ?

Ça ne doit pas être si simple. Car je pose à nouveau la question : vous en connaissez beaucoup, vous, de ces couples « chacun chez soi » qui tiennent dans la durée, et surtout sans finir par se déliter doucement, par lassitude, comme les autres ? Les médias citent toujours le même : regardez Jacques Dutronc et Françoise Hardy ! Si on veut, mais on ne peut pas dire non plus qu'ils incarnent la problématique du couple contemporain standard. Ni en termes d'âge, ni en termes de

---

1. Lire à ce propos *L'Amour fissionnel* de Serge Chaumier, Fayard, 2004.

soucis financiers... Auraient-ils si bien géré la situation, si chacun avait dû se contenter d'un studio de 20 mètres carrés ?

Alors, tant que le couple (cohabitant ou non) restera la norme, tant que nous serons une majorité à penser qu'après trois soirs de suite entre copains ou entre copines la soirée couette à deux ce n'est pas mal non plus, tant que se loger sera si cher et si compliqué (soyons pragmatiques), se posera l'entêtante question de la durée de ce couple. Et vous remarquerez que je vous ai évité la tarte à la crème sur l'intérêt des enfants, et patati, et patata...

Les chiffres les plus récents concernant le nombre de divorces en France font état non seulement d'une augmentation importante de ces derniers, mais aussi et surtout d'un raccourcissement inquiétant de la durée des mariages. On divorce plus, c'est un fait, et on divorce surtout de plus en plus vite. Il n'est pas rare, désormais, de voir se présenter, devant madame le juge aux affaires familiales, des couples mariés depuis trois à six mois seulement.

Jusqu'où irons-nous ? N'y a-t-il pas urgence à trouver des solutions pour endiguer cette hémorragie ? La réponse n'est ni pour tout de suite ni nécessairement à l'échelle de cette joyeuse enquête au pays des garces. Voici néanmoins un petit tableau comparatif qui, je l'espère, vous donnera matière à réfléchir et à pondérer votre avis sur la question. J'y ai retenu les facteurs essentiels, ceux qui nous paraissent à nous, humains des années 2000, comme les principaux critères de réussite d'un couple. J'ai ensuite soumis ce tableau à une dizaine d'hommes et à une dizaine de femmes autour de moi. Tous avaient au moins déjà vécu une fois en couple, quel que fût le modèle...

	Couple « macho » dominant	**Couple « garce » dominante**	**Couple moderne et équilibré**
Cohésion (aimantation)	3/5	5/5	2/5
Calme	2/5	0/5	4/5
Femme indépendante	1/5	4/5	3/5
Bien-être (état psychologique)	2/5	1/5	4/5
Adaptation à l'époque	1/5	4/5	5/5
Rapidité (à se composer)	3/5	4/5	2/5
Économie (coût)	3/5	2/5	2/5
Fidélité	3/5	5/5	2/5
Pérennité	3/5	4/5	2/5
Bonus exaltation	2/5	4/5	2/5
Total (sur 20)	**9,2**	**13,2**	**11,2**

Depuis que je me suis penché sur ce sujet ô combien brûlant, les garces, je lis partout que la garce est l'empire de la passion, qu'elle échappe à toutes les lois, à toutes les règles. C'est en partie vrai. En partie seulement.

Et si au fond la garce était le choix le plus sensé qui soit, calculette en main ? Je n'ai pas dit le plus reposant ni le plus agréable, et encore moins le plus facile. Je n'ai pas dit le sirop typhon ou l'universelle panacée. Avec son score « record » de 13,2, il n'y a pas non plus de quoi pavoiser. Ce n'est pas le meilleur choix qui soit, juste le moins mauvais parmi les options disponibles ; juste le plus « raisonnable », *a priori* mis à part et tous critères confondus...

Chapitre 5
Les garces sont-elles une production de la modernité ?

Cette idée, pour reçue qu'elle est, n'en demeure pas moins très tenace. Est-ce la faute de cette fameuse étymologie trompeuse ? Toujours est-il que, pour une majorité d'hommes, la garce a longtemps été un homme en jupons, une femme qui singe les hommes. Il est troublant de constater que même leurs congénères, les autres femmes (mais non garces), se rangent parfois encore à cet avis. Inutile d'y revenir, mais si vous avez sagement lu les chapitres précédents, vous savez qu'il n'en est rien et que, si certains traits de caractère semblent empruntés à la masculinité, c'est au contraire parce que les garces sont des femmes plus que femmes, des femmes superlatives et exponentielles.

Cette ambiguïté, cette incompréhension devrait-on dire, on la retrouve dans le terme « garçonne ». Employé dans les années 1920, il désignait une population de femmes indépendantes, aux cheveux plus courts que l'usage de l'époque (la fameuse coupe garçonne, dont Louise Brooks fut la plus belle réclame), et au caractère bien trempé. Des femmes qui avaient acquis leur autonomie en prenant les commandes de l'économie durant la Première Guerre mondiale.

Ainsi, à cette époque, et parfois encore aujourd'hui, la femme qui veut devenir pleinement femme, qui veut explorer tous les aspects de sa féminité – y compris ceux qui fleurent un peu le « bouc » masculin –, est qualifiée de « garce ».

Une brève histoire des garces

Pourtant, des garces, des vraies, des manipulatrices, des maîtresses femmes qui jonglent avec les hommes comme avec des ballons de foire, l'histoire n'en retient pas un si grand nombre. Non qu'elles n'aient pas existé par milliers, par millions. Mais les témoignages sur la vie des femmes du commun, et sur les femmes tout court d'ailleurs (nobles ou roturières), sont un fait très récent. Peu de traces de ces garces des siècles passés sont parvenues jusqu'à nous. Elles resteront des garces perdues dans l'anonymat du temps, des garces inconnues, tombées au champ d'honneur de leur espèce.

Malgré les siècles écoulés et le filtre masculin des générations d'historiens, quelques figures de femmes – indéniablement des garces ! – ont traversé les âges pour nous parvenir. Intactes pourrait-on dire ; mais sans doute largement amplifiées par la légende. Parmi ces garces emblématiques, ces saintes patronnes des garces, nous avons retenu trois personnages. Trois femmes qui, chacune à sa manière, illustrent certaines des caractéristiques essentielles de la garce. La présence de ces traits comportementaux, chez ces femmes d'un temps si ancien, tend à prouver que la garce n'est pas une « création de laboratoire », issue de la guerre au tournant du siècle dernier.

Cléopâtre

Née en 69 et morte en 30 avant J.-C., Cléopâtre fut la dernière et sans conteste la plus célèbre reine d'Égypte. Ses amours avec Jules César et Marc Antoine sont connues, et relatées dans de nombreuses œuvres de fiction, à commencer par le sublime *Cléopâtre* de Joseph Mankiewicz, où la souveraine égyptienne est incarnée par une Elizabeth Taylor au faîte de sa gloire et de sa beauté.

Premier fait évident, si l'on en croit les témoignages parvenus jusqu'à nous, Cléopâtre est une femme de pouvoir. Sa « garcitude » est un outil au service de son ambition. De fait, et contrairement à une idée reçue, elle n'épousa jamais Jules César. Mais en étant la maîtresse du plus puissant des Romains, nettement plus âgé qu'elle, elle obtint ce qu'elle voulait, à savoir une souveraineté sans partage sur son pays, l'Égypte (elle devait en principe la partager avec son frère).

L'autre élément fort intéressant, dans le parcours de garce de Cléopâtre, c'est la nature même des hommes qu'elle manipula. À ceux qui penseraient trop vite, après la lecture du chapitre 3, que les proies des garces sont des hommes pas très brillants, voire franchement affaiblis, César et Marc Antoine opposent un double démenti. Voilà donc les deux hommes les plus puissants et les plus intelligents de leur temps qui tous deux, l'un après l'autre, tombent dans les rets de la même femme. C'est dire le pouvoir de fascination de cette dernière, mais aussi et surtout que les « idiots » ne sont pas seuls à succomber au charme vénéneux des garces. La perte de discernement qu'elle induit peut tout aussi bien affecter les hommes les plus brillants. Les garces les plus douées auront même un plaisir accru à s'attaquer à des cibles qui, au premier coup d'œil, paraissent prémunies contre elles. C'est d'ailleurs tout le sujet de l'excellent film de Claude Autant-Lara, *En cas de malheur* (1957), où l'avocat posé et clairvoyant, interprété par Jean Gabin, tombe néanmoins amoureux de la petite garce fantasque jouée par Brigitte Bardot.

En un mot : savoir qu'une garce est garce ne suffit pas toujours à lui échapper !

Messaline

Sur Messaline, née en 24 ou 25 après J.-C., les avis des auteurs classiques sont plus divergents. On sait néanmoins que cette vestale, que rien ne prédestinait à accéder aux plus hautes sphères, devait tutoyer le pouvoir absolu en épousant Claude, futur empereur de Rome.

Le portrait laissé par ses contemporains, en particulier le très acide Juvénal dans ses célèbres *Satires*, nous donne deux informations précieuses. La première : son jeune âge. Messaline n'a en effet que seize ans quand elle épouse Claude. Il n'y aurait donc pas d'âge pour devenir garce... Pour conforter ceux qui associent garce et attraits physiques – ce qui n'a rien de systématique, rappelons-le –, les garces les plus « efficaces » semblent aussi être les plus jeunes. Peut-être, tout simplement, parce qu'on se méfie moins des femmes d'un âge si tendre. À voir...

Le second éclairage concerne précisément l'usage assez libre qui est fait par certaines garces de leur sexualité comme outil de contrôle. Non qu'elles érotisent à outrance leur comportement, mais elles n'hésitent pas, dans certains cas, à instrumentaliser leur propre plaisir pour servir leur stratagème et leur ambition. Ainsi Messaline, pour salir la réputation de son empereur de mari et l'humilier, n'hésite pas à se prostituer dans les bordels romains, comme le relate Juvénal :

> « Regarde les égaux des dieux, écoute ce qu'a supporté Claude. Dès que sa femme le savait endormi, osant préférer une paillasse à son lit du Palatin, Augusta la putain prenait les capes de nuit à capuchon et filait en compagnie d'une servante, d'une seule, pas plus. Puis, cachant ses noirs cheveux sous une perruque blonde, elle entre dans le lupanar moite aux tentures usées, dans sa cellule vide, sa cellule à elle ! Alors, elle s'expose nue, les seins dans une résille d'or, sous une inscription qui lui donne le faux nom de "Lycisca" [...] » (*Satires*, livre VI).

Lucrèce Borgia

Fille naturelle du cardinal espagnol Rodrigo Borgia (futur pape Alexandre VI) et de Vanozza Catanei, une patricienne romaine, sœur supposée incestueuse de César Borgia, célèbre pour sa beauté autant que pour ses mœurs dissolues, Lucrèce Borgia est elle aussi une garce majeure. Née en 1480, morte en 1519 d'une septicémie, Lucrèce Borgia fut tardivement réhabilitée. Incestueuse, empoisonneuse, cruelle... rien de tout cela ne serait vrai. Elle aurait plutôt été, selon ses défenseurs, la victime d'une époque et d'un entourage proche (en particulier son frère, César Borgia) particulièrement violents. C'est au profit des alliances de son père et de son frère qu'elle aurait été mariée de force à trois reprises, et non pas pour servir son ambition personnelle. Pire, son deuxième mari, Alfonso di Bisceglie, fut assassiné par son propre frère, à la défaveur d'un accord politique devenu caduc.

Alors, Lucrèce Borgia, martyre ou garce ? Difficile de trancher, près de cinq siècles après les faits. Ce qu'on pourra en retenir, c'est cette difficulté qu'il y a parfois à établir la « garcitude » d'une femme. Certaines garces sont si habiles à jouer de leur ingénuité, à dissimuler leurs véritables intentions derrière le paravent de leur candeur ou de leur physique désarmant, que bien des hommes se laissent abuser. Mieux encore, comme on le dit du diable, il n'y a pas meilleure ruse pour la garce que de nier l'existence des garces. Elles vont parfois jusqu'à se poser elles aussi en victimes, se prétendre le jouet d'un complot, pour repousser toujours à plus tard le moment de montrer leur vrai visage.

Le plus déconcertant est l'apparente sincérité de ces garces à visage couvert. Elles, des garces ?! Elles croient pourtant si bien faire !

ÉLISEZ LA PLUS GRANDE GARCE DE TOUS LES TEMPS !

J'ai sélectionné pour vous huit des garces les plus célèbres de l'histoire. Des garces 100 % garces, validées comme telles. Mais quelle est donc la plus « belle » garce de tous les temps ?

À vous de le dire. Dans le bulletin ci-dessous, classez chaque garce en lui attribuant un rang de 1 à 10 (chaque rang ne peut être occupé que par une seule garce). Reproduisez ces résultats dans un mail que vous adresserez à garces@lesgarces.fr

Les garces célèbres	Votre classement (de 1 à 10)
Cléopâtre	
Messaline	
Mme de Pompadour	
Ninon de Lenclos	
Mata Hari	
Lucrèce Borgia	
Elizabeth Taylor	
Pamela Anderson	

Boulevard des garces

Non, je ne crois pas que toutes les femmes que je côtoie aujourd'hui soient des garces. Hélas, devrais-je dire. Ne me faites pas ce procès-là. Les garces contemporaines et postmodernes ne sont sans doute pas beaucoup plus nombreuses que les garces antiques, médiévales ou encore ces garces romantiques, dont la Madame Bovary de Flaubert est le prototype fictionnel.

Je ne crois pas non plus que le féminisme du siècle dernier, que les hommes d'aujourd'hui ont trop facilement tendance à parer de tous les maux, je ne crois pas que ce mouvement-là, salutaire à bien des égards, soit à l'origine d'une génération entière de garces. Comme on l'a vu au chapitre 2, la garce et la féministe pur jus diffèrent largement, tant sur les intentions que dans la méthode. La féministe revendique, la garce manipule. La féministe conquiert, la garce s'acharne. La féministe obtient (des avancées, des droits), la garce extorque (de l'amour, de l'argent).

En un sens, il n'y a pas moins féministe qu'une garce. La garce ne cherche ni le dialogue ni la parité. Elle veut tout, le pouvoir, et même les miettes. La garce n'attend pas d'avoir le droit (et les lois) pour elle pour prendre le gauche. La garce ne s'épanouit jamais autant que dans un univers d'hommes, elle ne se fait jamais aussi caressante, séduisante, et pour tout dire efficace, que lorsqu'elle nage en eaux masculines. Pire encore, il n'y a pas plus égoïste et moins solidaire que la garce. Là où les féministes se serrent les coudes, les garces se la jouent résolument « solo ».

À titre d'exemple, pour bien comprendre leurs différences, je me suis amusé à reconstituer, à partir de contextes donnés, les attitudes respectives d'une garce et d'une femme indépendante (appelons-la une « féministe »).

<table>
<tr><th>Élément/ Situation</th><th>Attitude de la femme indépendante</th><th>Traits de caractère communs</th><th>Attitude de la garce</th></tr>
<tr><td>Argent</td><td>Elle l'acquiert par elle-même et le dépense.</td><td rowspan="6">Autonome
Imprévisible
Directive
Énigmatique
Organisée
Ambitieuse
Volontaire
Franc parler</td><td>Elle thésaurise le sien et dépense celui des hommes.</td></tr>
<tr><td>Logement</td><td>Elle l'acquiert par elle-même ou en association avec un homme.</td><td>Elle le fait acquérir par l'homme, mais selon ses critères de choix à elle.</td></tr>
<tr><td>Enfants</td><td>Elle décide du moment où elle veut en avoir, en en informant le père au préalable.</td><td>Elle décide du moment où elle veut en avoir, sans en informer le père au préalable.</td></tr>
<tr><td>Travail</td><td>Elle cherche à progresser par son action et ses mérites.</td><td>Elle cherche à progresser en éliminant un à un ses rivaux.</td></tr>
<tr><td>Sexe</td><td>Elle met son plaisir sur un pied d'égalité avec celui de son partenaire.</td><td>Elle favorise le plaisir de son partenaire, pour mieux le rendre dépendant.</td></tr>
<tr><td>Religion</td><td>Elle croit si elle pense que cela peut la mettre en accord avec elle-même.</td><td>Elle croit si elle pense que cela peut lui donner un avantage sur les autres.</td></tr>
</table>

Élément/ Situation	**Attitude de la femme indépendante**	**Traits de caractère communs**	**Attitude de la garce**
Politique	Elle cherche à mettre ses actes en accord avec ses convictions.		Elle cherche à habiller ses actes avec des convictions opportunistes.
Mensonge	Elle ment par obligation.		Elle ment par essence.

De fait, les véritables féministes n'auront généralement pas de mots assez durs pour condamner ces intrigantes, ces vipères, qui discréditent à leurs yeux la gent féminine, en prenant ainsi les hommes pour le plus vulgaire des paillassons. Quoi ? Oser les comparer à des êtres animés de si noirs desseins, elles qui ne rêvent que d'équilibre, elles qui ne prennent le maquis que pour effacer ces millénaires de patriarcat et d'oppression masculine ?

Pourtant, sans en avoir conscience, pas même l'intuition diffuse – elles se récrieront sans doute vigoureusement en lisant ces lignes –, toutes ces combattantes de l'égalité ont ouvert aux garces un vrai boulevard... auprès des hommes. En les accablant de reproches, en faisant culpabiliser leurs mâles partenaires comme elles l'ont fait, en les exhortant à adopter un profil bas – prix à payer pour les exactions passées –, elles ont donné aux garces une évidente légitimité.

Si la féministe juste et intègre ne veut pas entendre parler des garces, la garce, elle, use avec bonheur des masques et des arguments du féminisme pour mieux parvenir à ses fins ; les servir, mais aussi et surtout les parer d'un vernis aujourd'hui inattaquable. Elle fait littéralement un « bébé dans le dos » à son homme ? Elle aura beau jeu d'invoquer son droit à disposer de son corps et de son pouvoir de procréation comme elle l'entend.

En entérinant une fois pour toutes l'affaiblissement de la position masculine, le féminisme a permis à quelques bataillons de garces de sévir en toute impunité, ou plutôt en toute légitimité. À visage presque découvert. Pourquoi prendre des précautions, pourquoi avancer à visage couvert quand l'époque retire aux hommes jusqu'au droit de contre-argumenter ? Incorrect pour un homme désormais de mettre en cause publiquement le droit à l'indépendance des femmes. Incorrect d'imposer à sa compagne un mode de vie auquel elle n'aurait pas librement souscrit. Incorrect de la désirer sans son autorisation expresse. Et néanmoins incorrect de ne pas la faire jouir. Incorrect d'être un homme avec des goûts d'hommes, incorrect de ne pas se ranger à ceux des femmes, tellement plus beaux, bons, raffinés. Incorrect d'être incorrect, et Dieu sait en effet que les hommes peuvent l'être parfois avec les femmes...

Pour revenir à notre débat lexicologique initial, même les appellations, ces noms d'oiseaux plus ou moins galants dont nous avons vu que les hommes usent comme d'autant de défenses, leur sont désormais interdits. Railler une femme en public est devenu à peu près aussi dangereux, et sévèrement réprimé, qu'allumer une cigarette.

Celles qui passaient autrefois pour des folles, des hystériques, des sorcières, celles qu'on pourchassait et que l'on effaçait pudiquement de l'Histoire, ont aujourd'hui l'époque et le politiquement correct pour elles. Peu importe, à leurs yeux, que les droits des femmes, causes justes et légitimes, n'en sortent pas grandis. Sous couvert de les défendre, elles ne font que promouvoir leur droit individuel à user des hommes comme bon leur semble. Elles détournent allègrement les enjeux collectifs à leur profit exclusif. Facile, puisque les hommes n'ont plus le droit de rien dire à leur sujet sans subir immédiatement la curée ! Admettons toutefois, au passage, que plus d'un homme s'en est bien accommodé. La « garcitude » arrange bien des hommes, quand il s'agit de justifier – à leurs propres yeux comme à ceux de leur entourage – la démission de leur masculinité. « Ce n'est pas notre faute... elles sont toutes devenues des garces ! »

Alors vraiment, toutes des garces ? Ainsi sanctifiées, « couvertes » comme on le dirait d'un agent double, les garces se sont-elles pour autant banalisées ? En se multipliant, en se fondant comme nous venons de le voir dans le bataillon des femmes simplement libres et indépendantes, auraient-elles perdu de leur ascendant ? Non. Elles conservent intacte leur fascination, à l'aune exacte de leur pouvoir de nuisance. Car les garces ne sont pas l'avatar psychologique d'un quelconque phénomène de mode. Les garces ne sont pas devenues garces parce que la tendance ou les magazines féminins le leur dictaient. On n'est garce ni par hasard ni par désœuvrement.

Garces sociales ou garces individuelles ?

À trop focaliser sur les conditions sociales d'émergence de ces nouvelles formes de féminité, on oublierait presque à quel point devenir garce est un cheminement personnel. Au fond, c'est vrai : pourquoi et comment une garce le devient-elle ? Qu'est-ce qui fait la garce ? Quels événements, quels accidents, quels cailloux sur la voie qui les mène de la petite fille à la femme peuvent bien générer un tel « monstre » ?

Ce qui, au final, revient à se demander si la garce n'est pas plus un épisode psychiatrique qu'un animal social. Pour en avoir le cœur net, j'ai fouillé tout ce que les publications scientifiques peuvent avoir produit sur le sujet. J'ai également posé la question à plusieurs psychologues et psychiatres. Je me suis souvenu, pour finir, qu'à l'époque où je sortais moi-même d'une relation de plusieurs années avec une garce, j'ai posé la question au praticien qui me suivait et m'aidait tant bien que mal à effacer les stigmates de ladite relation.

De l'avis de tous, on ne peut oser prétendre raisonnablement à une définition clinique unique et satisfaisante de la garce. Trop de facteurs déclencheurs ou catalyseurs, de natures très variées, peuvent entrer en ligne de compte. Néanmoins, en fouinant, en particulier dans la seule véritable nomenclature des pathologies psychiatriques qui existe (le DSM IV, ou *Diagnostic and Statistical Manual of Mental Disorders*, publié en 1994), je suis, si j'ose dire, tombé nez à nez avec un profil aux caractéristiques plus que troublantes.

En effet, sous l'appellation d'état *borderline*, ou « état limite », on peut trouver les caractéristiques suivantes (excepté le premier point) :

– état qui touche principalement des sujets féminins (75 à 80 % des sujets *borderline* sont des femmes) [1] ;

– état caractérisé par de profonds problèmes relationnels, et en particulier l'alternance entre des positions extrêmes d'idéalisation excessive et de dévalorisation ;

– état caractérisé par une tendance au « clivage » manichéen des objets extérieurs au sujet : relations de type amour/haine, autrui vu en tout bon/tout mauvais, pas de compromis possible ;

– état caractérisé par des changements d'humeur soudains, intenses, rapides ou fréquents ;

– accès de colère fréquents ou imprévisibles ;

1. K. Rannou-Dubas et B. Gohier, *Les États limites : aspects cliniques et psychopathologiques ou les Limites dans tous leurs états*, 2002.

– peur panique de l'abandon qui pousse le sujet à surjouer la séduction, à rechercher en permanence l'attention (caractère histrionique) ;

– identification projective : besoin de contrôler les objets extérieurs au sujet, perçus comme menaçants, d'où des manipulations agressives ;

– sentiment d'être une « victime », incapacité à accepter ses propres responsabilités ;

– sentiment ponctuel de déprime très intense, de tristesse ou de vide, ou plus souvent encore de colère froide intériorisée (sans passage à l'acte) ;

– au moins deux comportements impulsifs autodestructeurs comme la boulimie, la sexualité à risque, l'anorexie, les dépenses incontrôlées, l'alcool, la drogue, l'abus de médicaments, etc.

Avouez que le tableau est troublant. Pour ne pas dire éloquent. Il importe d'ailleurs de préciser que parmi les dizaines de profils et sous-profils que contient le DSM IV, seul celui-ci présente autant de similitudes avec les caractéristiques que nous avons relevées empiriquement chez nos garces.

Selon les principaux théoriciens de cet état dit « limite », en particulier le Français Jean Bergeret et l'Américain Otto Kernberg, sa source serait à chercher dans un épisode traumatique survenu durant l'enfance ou la petite enfance, de nature sexuelle et surtout bien réelle (c'est-à-dire non fantasmatique). De là découlerait une désorganisation du moi, qui pousserait le sujet à élaborer différents systèmes de défense, lesquels auraient tous plus ou moins pour objectif la mise à distance et le contrôle du monde extérieur, en clair de tout ce qui n'est pas le moi.

Pour résumer et pour faire simple : la femme atteinte par l'état « limite » ne serait pas une sadique qui jouit de son ascendant sur les autres, de la manipulation qu'elle leur applique, mais bien une malade plongée dans un état d'extrême fragilité et qui se protège des autres en les manipulant. C'est bien parce qu'elle est à l'origine une victime, qu'elle s'enferme dans son fameux système de défense par l'attaque, que la garce deviendrait pour les hommes un tel bourreau.

Est-ce à dire que toutes les garces du monde ont fait au cours de leur enfance l'expérience d'agressions sexuelles avérées, ou tout au moins de séduction sexuellement explicite à un âge précoce ? Difficile de l'affirmer de manière catégorique. Ce qui est troublant dans cette explication, c'est de voir qu'au fond, la garce ne serait jamais que le produit indirect et pathologique d'une expression pour le moins inappropriée du désir de l'homme. Nous (les hommes) ne récolterions donc que ce nous ou nos pairs (nos pères ?) avons semé...

Fort de cette information, j'ai eu la curiosité de poser la question à tous les hommes que je pouvais connaître et qui, un jour ou l'autre, avaient été pris dans le maelström « garcier » : leur garce avait-elle été victime d'une quelconque « agression » sexuelle étant jeune ? Je n'en revins pas moi-même : sur une bonne trentaine de personnes, ce fut du 100 %. J'y inclus d'ailleurs la « garce majeure » que je connus moi-même et que j'ai déjà évoquée.

Mais les choses ne sont pas si simples et le débat n'est pas clos. Au cours de mes recherches, j'ai pu comprendre que la communauté scientifique était violemment divisée sur la notion de manipulation de l'entourage par les sujets *borderline*. Peut-on parler de manipulation quand on sait que les sujets limites souffrent au premier chef de cette situation, et sont les premières victimes de leur « maladie » ? *A contrario*, ne peut-on pas voir, dans cette défense des *borderline* par leurs propres victimes, le signe d'une manipulation aboutie, l'esclave cherchant à disculper son maître ? Cette dernière propension, que les médias appellent volontiers le « syndrome de Stockholm » (attachement de la victime à son bourreau), les hommes « engarcés » la manifestent de fait dans leur immense majorité. J'ai déjà expliqué par le menu, au chapitre 2, comment la garce était capable de placer son homme en situation de dépendance.

Pour fragile qu'elle est, cette hypothèse psychopathologique quant à la genèse de nos garces a pour avantage d'en finir avec une idée reçue aussi erronée que détestable : à savoir que les garces sont là pour faire « payer » les hommes, tous les hommes, pour un salaud originel. On comprend bien, à la lecture des lignes précédentes, que c'est évidemment beaucoup plus complexe que cela. La garce n'est pas juste une revancharde. Je récuse le terme de garce pour une femme qui consomme et goûte tout simplement sa vengeance (à froid, comme il se doit) après avoir été trahie. Il ne suffit pas d'être une femme blessée pour devenir une garce au sens plein du terme. De même que, *a contrario*, une garce n'est pas seulement une femme blessée dans son orgueil par un épisode affectif douloureux survenu dans sa vie d'adulte. On comprend bien qu'on ne construit pas un système aussi élaboré, aussi complexe et pour tout dire aussi efficace que celui de la garce dans le seul but de faire payer à un homme les petites vacheries des partenaires précédents.

Ne croyez pas que je m'en réjouisse pour autant. Oh non ! J'aurais préféré vous dire que la garce n'était qu'une petite excitée qui passe ses nerfs sur le premier venu. J'ai bien peur, hélas pour elle, que les choses soient plus graves et plus douloureuses. Non, vraiment, malgré l'emprise sur les hommes que cela leur confère, malgré cette pérennité convulsive que cela donne au couple, je ne suis pas sûr qu'être garce soit un

« métier » si épanouissant. Sans y aller pour autant de votre petite larme, vous devez le comprendre : la garce souffre. Être garce peut bien être une bénédiction collective, mais c'est une maladie, une plaie, un enfer individuel...

Chapitre 6
Peut-on apprendre à être garce ?

« Beuhhh non », répondra fort justement, l'œil brillant, celui ou celle qui a un tant soit peu suivi l'enseignement des chapitres précédents. Merci, cette attention et cette vivacité d'esprit vous honorent. D'ailleurs, puisque vous abondez ainsi en mon sens, je dois bien dire que je suis d'accord avec vous (c'est le minimum). Et s'il subsiste encore un doute en vous, je vous renvoie donc à la lecture du chapitre 5 *in extenso*.

Comment peut-on seulement imaginer se composer une « garcitude » de façade ? Comment concevoir que ce qui est le fruit d'un lent et savant processus de déconstruction psychologique puisse s'imiter, se singer, voire se simuler ? Personnellement, j'ai tendance à penser que non, l'habit ne fait pas le moine. Pas quand il s'agit de jouer le moine à chaque instant de sa vie. Ça aide, certes, mais ça ne suffit pas.

Soyons donc bien clair, n'est pas garce qui veut. On ne se veut pas garce, on le devient malgré soi, parfois même contre soi, mais en aucun cas de manière consciente ou délibérée. Même le meilleur Actor's Studio du monde ne saurait fabriquer de toutes pièces une véritable garce. Pour le devenir, il y faut du manque, du vide, de la souffrance. Et pas juste un désir – même farouche – d'embobiner son monde. Et si les lectrices de cet excellent livre que j'ai déjà cité[1] pensent pouvoir mener demain leur petit monde par le bout du nez en suivant ses quelques conseils, grand bien leur fasse. Mais cela ne fera pas pour autant d'elles de véritables garces. La garce parle garce, mange garce, séduit garce, dort garce, pense garce et baise garce. Elle ne saupoudre pas son comportement de quelques vacheries décoratives.

Je vous l'ai même déjà dit, rappelez-vous : la plupart des garces s'ignorent. Il est très rare qu'une garce non seulement s'assume comme telle, mais plus encore qu'elle brandisse sa « garcitude » comme un étendard. Alors une garce qui s'entretient comme une voiture et se gère comme une PME, croyez-moi, c'est contre l'esprit même de la garce. Et contre son efficience, surtout.

Comme on n'obtient rien de personne en lui intimant « Sois donc plus spontané », exiger de soi ou d'une autre qu'elle soit garce est parfaitement inopérant, puisque c'est contradictoire dans les termes. Une dernière image pour la route, histoire de bien appuyer mes effets : la garce est une eau vive, un torrent de montagne dont nul ne connaît exactement la source ; ce n'est ni un canal d'irrigation ni un robinet qu'on ouvre pour étancher sa soif de pouvoir.

Un job à temps plein

Vous allez me prendre pour une sorte de puriste, un ayatollah de la « garcitude », mais il ne peut exister selon moi de garce intermittente. J'ai bien lu ou entendu ici ou là que telle femme était garce à ses heures, ou qu'elle devenait garce dans certaines circonstances bien précises. N'en croyez rien. Il n'y a pas de garce à temps partiel. Être garce, c'est un job

---

1. Robert-Vincent Joule et Jean-Léon Beauvois, *Petit Traité de manipulation à l'usage des honnêtes gens*, *op. cit.*

à temps plus que plein, c'est une mission, un sacerdoce. On n'appuie jamais sur la touche pause.

Il n'existe selon moi pas plus de garces intermittentes que de garces de situation. Tout au plus me fera-t-on gober l'existence de garces « dormantes », de garces « non visibles », qu'un événement spécifique va révéler à elles-mêmes en même temps qu'aux yeux du monde. Même s'il est douteux qu'une pathologie aussi lourde, par certains aspects aussi handicapante, soit oblitérée aussi longtemps sous une chape de « normalité » apparente.

Ce qui pose une question essentielle : quand la garce commence-t-elle à l'être ? Le plus souvent, il semblerait qu'elle le devienne peu de temps après le trauma déclencheur (voir le chapitre 5). Les parents de garces que j'ai pu croiser m'ont tous confirmé que, dès son enfance, leur « garce de fille » manifestait ce penchant trouble à manipuler son entourage. Mais parfois, même si cela est plus rare, la garce éclôt lentement. On a vu à quel point la promesse, en particulier physique, émise par la garce, avait un rôle primordial dans son dispositif. C'est pourquoi de nombreuses garces ne s'épanouissent pleinement dans leur « garcitude » qu'à la puberté, ou plus précisément quand elles atteignent un développement physique assez poussé pour faire son petit effet sur les hommes. Notons au passage que les hommes se font souvent abuser à ce petit jeu-là et ont trop tendance à penser que toutes les jeunes femmes qui assument leurs formes naissantes sont des garces. La forme (LES formes, en l'espèce) n'est évidemment en rien un signe du fond. Toutes les femmes ne sont pas des garces (*bis repetita*), et toutes n'utilisent donc pas leurs attraits physiques comme un appât.

Il n'est pas inutile de le rappeler : la garce se singularise moins par son apparence que par ses actes. La garce véritable met donc dans chacun de ses gestes, dans chacune de ses paroles, et pour tout dire dans chacun de ses contacts avec le monde extérieur, une « intention ». Puisque tout doit contribuer chez elle à contrôler l'autre, à le maintenir à la distance ou dans l'état dans lequel elle désire le plonger, chaque instant compte. C'est d'ailleurs l'une des choses dont les proches de garces ou de personnalités dites « limites » se plaignent le plus : avec elles, il n'y a JAMAIS DE RÉPIT ! Elles font feu de tout bois. De ce point de vue, on peut dire sans hésiter que ces femmes sont antisociales, en ce qu'elles violent constamment les règles établies de vie en communauté, pour mieux asseoir leur propre système de contrôle ou de manipulation, leurs propres référents.

Je me souviens d'une garce qui était d'un sans-gêne extraordinaire. Elle bafouait en permanence et avec une décontraction incroyable les règles les plus élémentaires de la bienséance et des distances sociales. Par exemple, lorsque nous étions au restaurant, elle piquait sans vergogne dans mon assiette ou buvait dans mon verre, sans jamais me demander la permission, me crucifiant d'un regard noir ou d'une vacherie assassine si j'avais le malheur de protester, même faiblement.

Pourtant, je ne doutais pas un instant qu'elle eût reçu une éducation convenable. Ce n'est pas par ignorance ou je-m'en-foutisme qu'elle agissait de la sorte. C'était de manière délibérée, c'était son moyen à elle de poser son empreinte sur moi. C'était d'autant plus flagrant que, par ailleurs, elle se comportait avec les autres de manière très farouche, très distante, presque apeurée.

C'est sans doute ce qui donne à certains observateurs l'impression trompeuse que les garces ne le sont pas constamment. Elles le sont tout le temps, mais – et cette précision est importante – dans le périmètre qu'elles ont elles-mêmes défini. Et le cœur du périmètre, c'est évidemment l'homme qu'elles ont ciblé. Lorsque celui-ci est absent, ou qu'elles sont en présence de personnes qu'elles ont choisi de placer en périphérie (ou carrément à l'extérieur) de ce fameux pré carré, elles peuvent perdre en effet de leur agressivité. Placez une garce au milieu d'un parterre d'inconnus, et elle perdra largement de sa superbe. Elle n'apparaîtra alors aux yeux de ces anonymes que comme une personne froide, hautaine, et pour tout dire un peu perdue... Une situation que la garce fuira comme la peste, vous vous en doutez. Car il n'y a rien de pire pour elle, rien de plus angoissant que les circonstances où elle ne peut imposer sa maîtrise sur au moins une personne. De préférence son souffre-douleur.

C'est encore un paradoxe étonnant – un de plus – chez la garce : elle est finalement aussi dépendante de ceux sur qui elle s'acharne que ses victimes le sont d'elle. C'est une sorte de syndrome de Stockholm inversé : le bourreau est si fortement attaché à sa victime, aux instants de « maîtrise » sur autrui que cette dernière lui offre, qu'il ne peut littéralement s'en passer.

Ceux qui ont déjà croisé une garce dans leur vie savent de quoi je parle : elle est sans cesse après eux, elle réclame une présence constante... Garce, c'est non seulement un boulot à temps plein pour elle, mais bien souvent aussi pour celui qui en est la cible.

« Garçoplanning » : 24 heures dans la vie d'une garce

Heure	Attitude
7 heures	Elle se lève tôt. Non parce qu'elle en a besoin, mais parce que ça réveille aussi son homme. Elle fait un maximum de bruit. S'il a besoin d'elle, elle fait la grasse matinée.
8 heures	Elle éteint le réveil... puis reproche à son homme de ne pas s'être levé en même temps qu'elle. Elle déplore qu'il n'ait pas eu la galanterie d'aller chercher des croissants.
9 heures	Elle a mis au sale les vêtements propres qu'il avait préparés exprès la veille, et part travailler sans se soucier de lui.
10 heures	Elle ne répond à aucun de ses messages pour savoir ce qu'elle a bien pu faire de son jeu de clés (elle les a prises dans son sac à main, avec son propre jeu).
11 heures	Elle l'appelle enfin, minaude, et le supplie d'annuler son déjeuner d'affaires pour venir déjeuner avec elle, à l'autre bout de la ville. Il finit par céder.
12 heures	Elle le rappelle pour exiger un restaurant bien précis, alors qu'il a déjà réservé dans un autre.
13 heures	Elle arrive avec 30 minutes de retard à leur rendez-vous, sans s'excuser. C'est même elle qui semble en colère. Elle passe son déjeuner à lui énumérer la même liste de reproches. Elle insiste sur un détail physique blessant.
14 heures	Elle part précipitamment sans participer à l'addition, sans laisser de pourboire et sans même le remercier.
15 heures	Elle lui envoie un e-mail en lui reprochant d'avoir été froid et distant au déjeuner et lui demande instamment de « réparer » en lui faisant une grande déclaration. En retour, elle ne le gratifie que d'un petit « Bisou, bisou » très sibyllin.
16 heures	Elle lui demande par SMS s'il peut passer la prendre à son bureau à 18 heures. Or il est en réunion quand l'e-mail arrive et il ne répond pas immédiatement...

Étapes	Bonus manipulation
	+
4	+
	++
3	+
1	+++
7	+++
8	++
	+
6	++
4	+

Heure	Attitude
17 heures	Dès qu'il lit enfin l'e-mail, il cherche à la joindre à son bureau, mais on lui dit qu'elle a « quitté plus tôt » ce jour-là. Il l'appelle tant et plus et elle demeure injoignable.
18 heures	Elle est toujours injoignable.
19 heures	Elle arrive à la maison comme une fleur… en colère. Il n'a pas « daigné » répondre à son e-mail et elle a donc posé sa fin d'après-midi pour aller faire du shopping.
20 heures	Elle fait la gueule et lui annonce qu'elle n'a pas faim, qu'il peut se faire ce qu'il veut à dîner.
21 heures	Finalement elle a faim – une fois qu'il a fini de dîner. Elle organise un pique-nique sur la table basse du salon et engloutit la moitié de ce que contenait le réfrigérateur.
22 heures	Elle appelle une amie et n'hésite pas, devant lui, à décrire sa conduite du jour (injoignable, pas galant, etc.) comme inqualifiable.
23 heures	Il va se coucher et elle décide de rester devant la télévision.
Minuit	Elle se couche en le réveillant. S'il ne fait pas mine de se jeter sur elle, elle raille ses capacités sexuelles. S'il se jette sur elle, elle le traite d'obsédé.
1 heure	Il vient de s'endormir. Elle le secoue car elle a « entendu un bruit ». Elle exige qu'il se lève. À son retour, elle lui dit qu'en fait ce bruit, c'étaient les gargouillis de son ventre à lui.
2 heures	Elle se lève pour faire pipi une première fois et, en revenant dans le lit, elle lui parle à voix haute comme si c'était tout à fait normal à cette heure-là.
3 heures	Elle le secoue car il ronfle.
4 heures	Elle se lève pour un second pipi.
5 heures	Enfin, la trêve. Elle rêve et parle éventuellement en dormant, des choses incohérentes mais légèrement menaçantes.
6 heures	Elle dort… Oui, vraiment, elle s'est enfin « débranchée ». Mais dans une heure, tout recommence !

Étapes	Bonus manipulation
3	+
3	++
	++
6	+
	++
8	+++
	+
	++
2	++
	+
	+
	+
	+
	–

La garce peut-elle se cultiver « hors sol » ?

Vous l'aurez compris, et contrairement à Florence Hernandez[1], je ne pense pas que l'on puisse « devenir garce du jour au lendemain ». Ah ça, des garces Canada Dry, des filles qui pensent qu'un air canaille et des œillades furibondes suffisent à passer pour telles, il en court plein les rues. Mais les garces authentiques, capables de déployer un véritable système (voir le chapitre 2), remontées comme des coucous suisses et prêtes à en découdre 24 heures sur 24, elles sont infiniment plus rares.

Fait rare lui aussi, dans ce genre d'essai « pratique », je vais vous détailler une méthode que je ne cautionne pas. Pour ne pas dire que je la récuse... Mais si vous y tenez vraiment, madame ; mais si la lecture des pages précédentes vous a persuadé qu'il vous fallait à vous aussi une bonne garce, monsieur... bref, si ça vous démange tant et si bien que vous vous fichez pas mal de savoir si on est garce par essence ou juste par jeu... voici un petit programme de mise en condition.

Partant du principe qu'en s'appropriant les attributs les plus visibles d'un « personnage » on peut, progressivement, intégrer aussi certains de ses comportements, je vous propose donc la méthode qui suit, à étaler sur deux petits mois.

Semaine 1

Vampez-le ! Allumez-le comme jamais ! Chauffez-le à blanc, faites-lui croire que, depuis tout ce temps, vous recelez des trésors de sensualité cachés et que, désormais, vous allez les laisser s'exprimer, rien que pour lui.

Sans trop en faire non plus dans le registre mimiques et œillades aguicheuses, soignez plutôt votre toilette. *Exit* les

1. Florence Hernandez, *L'État de garce*, *op. cit.*

culottes Petit Bateau et les vieux collants opaques, troués à l'entrejambe. Maintenant, c'est string en tulle transparent tous les jours et soutif amplitruc à gogo.

Évidemment, inutile de vous dire que toute cette semaine-là, c'est ceinture. Vous le chauffez, c'est un fait, mais vous le frustrez aussi.

Semaine 2

Arrangez-vous par avance pour être absente cette semaine-là. Un séjour de thalasso entre copines, une obligation de boulot, les vacances des enfants en Bretagne... peu importe. Le tout est de susciter le manque. N'oubliez pas de couper votre portable, de rappeler peu et longtemps après ses appels à lui, de lui faire sentir au téléphone que non seulement vous vous débrouillez très bien sans lui mais que c'est même un chouïa plus drôle.

Semaine 3

Revenez de ladite semaine avec une nouvelle énergie et surtout de nouvelles exigences : désormais il gardera les mômes une fois par semaine pour que vous puissiez sortir avec les copines ; et c'est vous qui fixez le jour, non mais !

Vous revenez d'ailleurs de votre petit périple avec quelques kilos en moins et une nouvelle coiffure en plus. N'hésitez pas à aller jusqu'au changement de couleur, il aura d'autant plus l'impression d'avoir une « nouvelle femme » à la maison et cela l'excitera follement.

À la faveur des retrouvailles, vous faites l'amour mais vous le surprenez en prenant l'initiative du début jusqu'à la fin.

Semaine 4

La métamorphose se poursuit. Après les sous-vêtements, au tour des vêtements : plus courts, plus transparents, plus ouverts, plus fendus... D'ailleurs, vous lui empruntez sa carte bleue pour financer tout cela, sans lui laisser le choix. « Tu veux que je sois sexy, ou pas ?! »

Cette semaine-là, amusez-vous à brouiller les cartes en changeant vos petites habitudes. Prenez le contre-pied systématique de ce qu'il sait et attend de vous. Vous vous levez d'habitude sans difficulté ? Traînez au lit en lui demandant, d'une voix lasse, de s'occuper des enfants et du petit déjeuner.

Semaine 5

Tout en poursuivant les « efforts » des semaines précédentes, passez à la vitesse supérieure. Désormais, chaque semaine, vous lui tendrez un PIÈGE et exprimerez à son égard une EXIGENCE IMPORTANTE.

Le piège ? Ce peut être, par exemple, d'inviter des amis à dîner sans le prévenir. Le jour J, vous faites en sorte de rentrer tard, bien après lui, pour qu'il soit seul confronté à leur arrivée. Quand vous rentrez enfin, jouez-la soit ingénue (« Je t'avais pas dit ? ») ou au contraire colérique (« Mais si, je te l'ai dit plusieurs fois, tu sais très bien, je ne peux jamais compter sur toi ! »).

Côté exigences, vous avez le choix. Les plus efficaces sont celles qui lui demandent de chambouler son sacro-saint emploi du temps. À son insu, repérez par avance dans son agenda les rendez-vous qu'il lui sera « impossible » de déplacer, et prenez pour lui et vous des engagements au même moment.

Semaine 6

S'il tient encore le coup, vous allez lui donner cette semaine-là le coup de grâce, celui de l'humiliation : renvoyez-lui une image peu flatteuse de sa personne. Ne laissez rien passer de ses manies, et surtout de ses approximations en termes d'organisation, de goûts ou d'hygiène. Mieux, tendez-lui donc l'un de vos petits pièges. Demandez-lui une nouvelle fois de réparer cette applique, défectueuse depuis plusieurs semaines. Évidemment, il n'en fera rien. Sans l'en informer, trouvez un autre homme (y compris un professionnel) pour venir la réparer, en sa présence. Devant lui, dites au réparateur que votre mari a mille qualités... mais qu'il n'est vraiment pas bricoleur !

Semaine 7

Piquez une colère ! Une grosse, une rouge, une qui semble à la limite du clash définitif. Une qui vous fait claquer la porte et ne revenir que le lendemain.

Avec toutes les graines que vous avez semées durant les semaines précédentes, le motif ne devrait pas être trop difficile à trouver.

Évidemment, il y aura une réconciliation sur l'oreiller, mais profitez de cette occasion pour porter l'estocade finale, sous la forme d'une exigence insupportable pour lui, ou d'une révélation qui « tue » (« Évidemment mon chéri que j'ai déjà simulé avec toi, on le fait toutes. »).

Semaine 8

S'il n'a pas claqué la porte à son tour, il doit logiquement être réduit à l'état de toutou en attente de vos caresses comme de vos baffes.

Mais la vraie question est : et vous ? Aurez-vous réussi à tenir ce rôle tout ce temps-là ? Peut-on durablement « jouer à la garce » lorsqu'on ne l'est pas par nature ?

Vous connaissez mes réserves sur la question...

Le travail : un bon terrain d'exercice

Depuis le début de cet ouvrage, j'évoque avec vous le petit monde de la garce, mais j'ai conscience tout à coup que j'ai singulièrement réduit son univers, et donc son champ d'action, aux relations de couple. Or, si c'est bien dans ce périmètre-là que la garce s'exprime le plus librement, avec à la fois le plus de panache et de virulence, il lui arrive aussi de déployer son emprise et ses stratagèmes dans d'autres occasions.

Je l'ai déjà dit, la garce véritable a besoin de connaître ceux et celles qu'elle manipule. Elle ne sait pas manœuvrer les inconnus. Elle se replie et fait preuve d'une étonnante innocuité quand elle est plongée dans un milieu qu'elle ne maîtrise pas.

Mais, si elle demeure plus de quelques semaines dans un même emploi – ce qui est fréquent, car on a vu qu'elle éprouve un besoin très vif de sécuriser sa situation –, il y a fort à parier qu'elle finisse par y projeter ce même pouvoir de nuisance qu'elle applique à son entourage personnel.

Il faut dire qu'un cadre professionnel stable offre un contexte et des caractéristiques tout à fait favorables à la mise en place de son système :

– la promiscuité : le fait de se côtoyer dix heures par jour est idéal pour générer les tensions, les attentes et les jalousies nécessaires à toute bonne manipulation ;

– l'ambition : tout le monde en a, et surtout ceux qui ne l'avouent pas. En diffusant sa fameuse « promesse » autour d'elle, elle peut vite donner l'impression aux impétrants que leur nirvana professionnel passera forcément par elle. En clair, elle prend le pouvoir en faisant croire aux autres qu'ils le prendront grâce à elle ;

– la peur : on a vu que c'est avant tout pour soigner son angoisse que la garce déploie son système de contrôle et de manipulation de son entourage ; et quoi de plus angoissant que le monde de l'entreprise ?

– la séduction : même si elle n'est pas explicitement sexuelle, la séduction est une valeur de base dans les relations professionnelles. Là encore, la garce doit se sentir comme un poisson dans l'eau.

Cela signifie enfin que les « apprenties garces », celles qui pensent encore pouvoir s'improviser garces, trouveront là un terrain de jeu et d'entraînement particulièrement propice. Elles pourront même, luxe suprême – dont certaines ne se privent pas –, se montrer garces au travail et gentilles petites femmes soumises à la maison. Mais peut-on encore alors parler de « garcitude »... ?

Interlude
Le « garçomètre »

C'est après des années d'étude attentive et surtout de pratique des garces, les miennes mais aussi celles des autres, que j'ai pu mettre au point cet appareil de mesure exclusif qu'est le « **garçomètre** ».

Le « **garçomètre** », comme son nom l'indique assez clairement, est le seul dispositif au monde capable de mesurer le degré de « garcitude » (également appelé « garcémie » par les spécialistes, ou indice du taux de garce dans le sang) de votre garce.

Vous vivez avec une garce ? L'un de vos proches est la « victime » (plus ou moins consentante) d'une garce ? Soumettez-vous ou soumettez-le au questionnaire suivant.

1. Votre garce vous humilie-t-elle en public...

	Points
A. Tous les jours ou presque	5
B. Au moins une fois par semaine	4
C. Moins d'une fois par semaine	3
D. Encore moins souvent	2
E. Presque jamais	1

2. Comment évaluez-vous le physique de votre garce ?

		Points
A.	Elle est sublime !	5
B.	Elle est très belle	4
C.	Elle est belle	3
D.	Elle a beaucoup de charme	2
E.	Elle est pas mal	1

3. Comment évaluez-vous le sex-appeal de votre garce ?

		Points
A.	Waou ! ! !	5
B.	Fichtre !	4
C.	Elle est « bonne »	3
D.	Elle est plus que pas mal	2
E.	Elle est plutôt sexy	1

4. Comment votre garce évalue-t-elle votre propre physique ?

		Points
A.	Beurk !	5
B.	Pas terrible	4
C.	Peut mieux faire	3
D.	Mouais, pas mal	2
E.	Plutôt beau gosse	1

5. Quel est le détail de votre anatomie que votre garce n'aime pas ?

		Points
A.	Votre visage	**5**
B.	Votre silhouette	**4**
C.	Votre calvitie naissante	**3**
D.	Votre bouche	**2**
E.	Vos fesses	**1**

6. Combien de fois par jour votre garce vous accable-t-elle de reproches ?

		Points
A.	Chaque fois qu'elle me parle ou presque	**5**
B.	De cinq à dix fois par jour	**4**
C.	De deux à cinq fois par jour	**3**
D.	Au moins une fois par jour	**2**
E.	Moins d'une fois par jour	**1**

7. Votre garce accepte de vous suivre dans vos obligations amicales et familiales...

		Points
A.	Jamais !	**5**
B.	Très rarement	**4**
C.	Assez peu souvent	**3**
D.	De temps à autre	**2**
E.	La plupart du temps	**1**

8. Combien d'ami(e)s proches connaissez-vous à votre garce ?

	Points
A. Aucun(e)	**5**
B. Un(e) seul(e)	**4**
C. Deux ou trois seulement	**3**
D. Quatre ou cinq	**2**
E. Plus de cinq	**1**

9. Lorsque vous retrouvez votre garce après une séparation de quelques jours, vous ressentez...

	Points
A. De l'angoisse	**5**
B. De la peur	**4**
C. De l'appréhension	**3**
D. De la lassitude	**2**
E. Un peu de joie	**1**

10. De votre garce, vous diriez qu'elle vous ment...

	Points
A. Tous les jours	**5**
B. Presque tous les jours	**4**
C. Assez souvent	**3**
D. De temps à autre	**2**
E. Assez rarement	**1**

11. Lorsque vous faites ensemble vos grandes courses hebdomadaires, votre garce...

		Points
A.	Vous laisse tout porter et vous reproche de ne pas aller assez vite	**5**
B.	Vous laisse tout porter	**4**
C.	Porte un seul sac très léger pour la forme	**3**
D.	Porte quelques sacs très légers pour la forme	**2**
E.	Porte plusieurs sacs et s'en plaint	**1**

12. Lorsque vous dînez ensemble au restaurant, votre garce...

		Points
A.	Vous reproche de prendre le même plat qu'elle	**5**
B.	Vous impose de prendre le même plat qu'elle	**4**
C.	Vous impose votre choix, différent du sien	**3**
D.	Vous laisse prendre ce que vous voulez mais se moque de votre choix	**2**
E.	Ne dit rien dans un premier temps puis s'étonne de votre choix quand on vous sert	**1**

13. Qui votre garce fait-elle systématiquement passer avant vous ?

		Points
A.	Ses animaux domestiques	**5**
B.	Ses collègues de travail	**4**
C.	Ses amies	**3**
D.	Ses parents	**2**
E.	Vos enfants	**1**

14. Imaginez que vous fassiez la sieste et que votre garce ait une question à vous poser pour avancer dans son travail.

	Points
A. Elle vous secoue immédiatement et vous reproche de vous être endormi	5
B. Elle vous secoue immédiatement	4
C. Elle fait du bruit dans la pièce en espérant que cela vous réveillera	3
D. Elle vous secoue après quelques minutes d'hésitation	2
E. Elle ne vous secoue pas mais, à votre réveil, vous reproche de vous être endormi	1

15. Votre garce pique des colères...

	Points
A. Plusieurs fois par jour	5
B. Au moins une fois par jour	4
C. Moins d'une fois par jour	3
D. Environ une fois par semaine	2
E. De temps à autre, j'aurais du mal à donner une fréquence	1

16. De combien de compulsions irrépressibles votre garce vous semble-t-elle souffrir (anorexie, boulimie, surconsommation, addiction aux médicaments, alcoolisme, consommation de drogues, cleptomanie, etc.) ?

	Points
A. Quatre et plus	5
B. Trois	4

C.	Deux	**3**
D.	Une seule	**2**
E.	Une seule et peu sévère	**1**

17. Votre garce souffre d'accès dépressifs (grosse déprime, besoin d'être seule, etc.)...

		Points
A.	Plusieurs fois par semaine	**5**
B.	Une fois par semaine	**4**
C.	Deux à trois fois par mois	**3**
D.	Une fois par mois	**2**
E.	Moins souvent	**1**

18. Des relations de votre garce avec ses propres parents (s'ils sont vivants, ou sa famille la plus proche dans le cas contraire), vous diriez qu'elles sont...

		Points
A.	Très conflictuelles	**5**
B.	Conflictuelles	**4**
C.	Inexistantes	**3**
D.	Tendues	**2**
E.	Plus ou moins bonnes selon les périodes	**1**

Attention, cette dernière question suppose que vous payiez un peu de votre personne ! C'est à un véritable test *live* que je vous invite ici. Pas facile, un peu dangereux même, mais pas totalement indispensable !

19. Lors de la prochaine dispute avec votre garce, traitez-la plusieurs fois de suite de « Sale petite garce ! ». Le cas échéant, n'hésitez pas à citer cet ouvrage pour corroborer votre attaque. Si vous en sortez vivant, notez ici sa réaction :

	Points
A. Elle m'a donné une gifle ou m'a agressé physiquement	**5**
B. Elle a piqué une colère comme je n'en avais jamais vu	**4**
C. Elle a piqué une colère « ordinaire »	**3**
D. Elle n'a rien dit sur le moment mais a consommé sa vengeance plus tard, « à froid »	**2**
E. Elle n'a rien dit sur le moment mais a semblé très affectée	**1**

Ça y est ? Vous êtes encore entier ? Bien. Effectuez maintenant le total des points obtenus sur l'ensemble de ce questionnaire et placez votre garce sur le graphique ci-dessous.

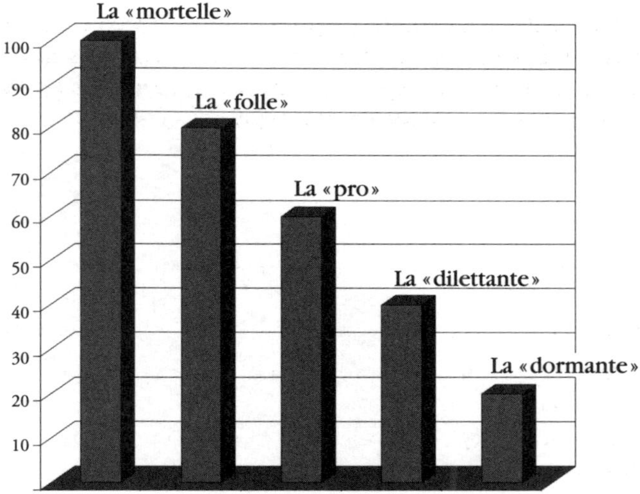

– **La « mortelle »** : il n'en va pas que de votre santé mentale... il en va tout bonnement de votre survie ! À vous de voir si vous êtes prêt à prendre de tels risques pour jouir du frisson qui va avec !

– **La « folle »** : ... ou la « furieuse », ou encore la « folle furieuse ». Comme avec toutes les garces, c'est un engrenage dont vous ne sortirez pas indemne, mais avec elle le prix à payer excède déjà largement les bénéfices attendus ou perçus.

– **La « pro »** : bonne gestionnaire de sa « garcitude », elle sait vous maintenir en permanence juste en deçà du point de rupture. C'est la garce « idéale » pour des unions durables. J'ai bien dit durables !

– **La « dilettante »** : elle n'est pas cette « garce intermittente » que fantasment certains hommes, mais elle est juste assez inconstante pour laisser échapper parfois son homme de ses filets.

– **La « dormante »** : elle a tout pour être une bonne garce, mais elle l'ignore encore. Sans doute lui a-t-il manqué un événement ou une rencontre qui fasse office de déclencheur (par exemple, aucun homme assez faible).

Chapitre 7
Petite chimie de la garce

Ce qui étonne le plus dans le récit d'hommes vivant sous la coupe d'une garce, c'est la rapidité apparente avec laquelle ils sont tombés dans le panneau. Or, si j'ai détaillé aux chapitres 2 et 3 les mécanismes psychologiques qui enchaînent leurs hommes aux garces, il est apparu pourtant que ceux-ci s'inscrivaient dans la durée. La garce a besoin de temps pour déployer son dispositif. Elle ne manipule pas son homme-cible en un jour. Comme l'araignée, avec laquelle elle a tant de points communs, la garce ne peut pas faire tomber sa proie dans ses filets de manière instantanée. C'est un lent travail d'appât et de filage qui aura raison de l'homme.

Pourtant, et c'est une contradiction de plus dans la collection impressionnante des paradoxes « garciers », tous les hommes qui sont séduits par des garces connaissent un effet de sidération immédiate. Ensuite, et avant même que la garce ait eu le temps de mettre sa stratégie à exécution, ils ressentent un premier état (certes léger, mais suffisant) de dépendance, qui laisse à leur prédatrice le temps de les circonvenir. Comme l'araignée, la garce piquerait avant de tisser.

En quoi peut bien consister cette piqûre anesthésiante ? Pour répondre à cette question, j'ai abandonné un instant la psychologie, et je suis allé faire un petit tour du côté de la chimie. En effet, depuis les expériences des biologistes américains Boot et Van der Lee dans les années 1950, on connaît l'existence des phéromones (confirmée en 1998 chez les êtres humains), ces hormones émises par certains êtres vivants et permettant une communication chimique spécifique et surtout « invisible » entre différents sujets. Assimilées abusivement aux odeurs, les phéromones ne peuvent être « senties », et sont captées par un organe récepteur distinct de l'appareil olfactif, l'organe voméronasal (ou OVN).

Flashé d'entrée de jeu

Les recherches dans ce domaine sont encore trop récentes pour l'affirmer de manière péremptoire, mais il semblerait que, dans certaines circonstances – dont la rencontre amoureuse ferait partie – un individu donné pourrait émettre à destination d'un sujet du sexe opposé un message phéromonal qui le prédispose favorablement à l'égard de l'émetteur.

Les chercheurs qui planchent aujourd'hui encore parlent volontiers de « synchronisation », c'est-à-dire que le message aurait pour but de caler les deux organismes, et en priorité les deux cerveaux, sur des cycles hormonaux similaires, ou tout au moins compatibles. L'expérience la plus probante à ce sujet a permis de démontrer que des femmes vivant assez longtemps ensemble avaient « naturellement » tendance à toutes se caler sur un cycle ovarien identique. Dans le cas de l'homme et de la femme, le message dirait de manière aussi claire que souterraine : je suis disponible et féconde, et je cherche un reproducteur ayant un patrimoine génétique de qualité, compatible avec le mien.

Des études, menées aux États-Unis dès la fin des années 1990 [1], semblent avoir établi en effet que l'émission

1. Cutler, Friedmann et McCoy, *Pheromonal Influenes on Sociosexual behavior in Men*, 1998.

de certaines phéromones maximisait les échanges, et donc les chances de rapprochement et d'accouplement, entre hommes et femmes.

Ce qui reste néanmoins obscur, ce sont les règles et plus encore les « intentions » qui dictent l'émission originelle de telle ou telle phéromone. S'il est entendu que cette émission ne peut être intentionnelle, pas plus que simulée, il reste encore à établir pourquoi une femme émet telle phéromone et dans quel but. En clair, le langage phéromonal demeure encore très abscons pour nous, de même que les mécanismes qui motivent son emploi. Dès lors, toutes les hypothèses sont permises. Et si la garce émettait, dès les premières secondes de sa rencontre avec un homme-cible, un message porteur de sa fameuse « promesse » (voir le chapitre 2) ? Et si, en réponse, l'homme sécrétait une phéromone signifiant non seulement qu'il est sensible à cette promesse mais que son profil psychologique le rend particulièrement vulnérable (chapitre 3) ?

Rien ne nous permet de l'affirmer de manière catégorique, mais il faut avouer que cette piste est fort séduisante. Sans cela, comment expliquer ce « flash » du premier instant, où chacun reconnaît l'autre, y compris dans ses dysfonctionnements (instinct de prédation d'un côté, faiblesse de l'autre) ?

Shooté au plaisir

Avant d'aller plus loin, et tout en demeurant dans l'univers cartésien de la chimie du cerveau et du corps humain, rappelons ce que les scientifiques, en particulier les endocrinologues, disent du processus d'attachement amoureux. Ceux-ci mettent en effet une hormone spécifique, l'ocytocine (par ailleurs libérée dans l'organisme de la femme sur le point d'accoucher), au cœur du phénomène de rapprochement amoureux. Or la sécrétion d'ocytocine serait elle-même facilitée par la réception de messages hormonaux ou phéromonaux.

Une fois libérée dans le corps, l'ocytocine favorise donc la mise en relation étroite des individus concernés, et active ce que l'on appelle un « circuit de récompense[1] ». Pour faire simple, l'ocytocine agit sur le cerveau pour libérer d'une part de la dopamine (dans le noyau accumbens), facteur de dynamisme et de motivation (on ose aller vers l'autre !), et d'autre part des endorphines, synonymes de bien-être et d'apaisement.

C'est là que le circuit de dépendance s'emballe et que naissent l'addiction, puis parfois même la dépendance à l'autre. En effet, à chaque émission d'endorphines, l'effet plaisant est immédiatement suivi d'un effet déplaisant, comme un soufflet qui retombe brusquement. Au début d'une relation, l'assimilation des endorphines par le cerveau est optimale, et donc cet effet « retour » est plus faible ; en revanche, plus la sécrétion d'endorphines se répète, et moins celles-ci sont efficaces. L'effet déplaisant après coup est donc plus perceptible, créant une sensation de manque. L'organisme exige ainsi des « doses » de dopamine et d'endorphines toujours plus importantes : il est devenu « accro »...

Cela étant établi, voici ma petite hypothèse personnelle concernant les garces. D'une part, le message phéromonal initial est plus fort qu'à l'accoutumée (la fameuse « promesse »). La garce « met le paquet » dès la première rencontre, d'où l'effet de sidération initial si souvent rapporté. Car il en résulterait une libération d'ocytocine (et, conséquemment, de dopamine et d'endorphines) tout simplement exceptionnelle – bien au-delà de ce qui intervient lors d'un choc amoureux habituel. Un peu comme si une personne qui n'a jamais touché ne serait-ce qu'un joint se piquait soudainement à

---

1. Lucy Vincent, *Comment devient-on amoureux ?*, Odile Jacob, 2004.

l'héroïne. Elle serait « scotchée au plafond », comme on dit familièrement. Tout partirait donc de là : une phéromone particulièrement active... et quelque peu trompeuse ! Une phéromone comme amplifiée par ce besoin vital qu'a la garce de séduire et de prendre l'ascendant sur un tiers.

Shooté à la souffrance

La suite ne serait dès lors que la conséquence logique de cette débauche initiale d'endorphines. Si le « shoot » initial est trop puissant, on peut supposer que la capacité d'assimilation de ce trop-plein faiblit également plus vite que dans un cas ordinaire. Ce faisant, le manque interviendrait plus vite, et plus fort.

Ajoutez à cela cette capacité spécifique de la garce (voir le chapitre 3) à justement doser ses effets, à distiller les situations génératrices d'endorphines au compte-gouttes, et vous comprendrez mieux comment elle affole complètement le « circuit de récompense » de sa proie.

Il y a plus fort encore. Car si l'homme accro de sa garce n'était qu'un « camé » tombé trop vite dans le piège des endorphines, il finirait bien par en sortir à force de privation. Ou tout simplement par tassement de la production de dopamine et d'endorphines sous l'action de l'ocytocine, cette dernière n'étant pas de l'héroïne qu'on « s'injecte directement dans les veines », comme le note Lucy Vincent.

C'est là que la garce, chimiquement parlant, se distingue radicalement de la femme lambda. En effet, en réitérant régulièrement sa promesse initiale, de manière si ce n'est aussi forte, tout au moins approchante de la première fois, mais aussi en imprimant à ce shoot initial un effet d'écho et de persistance par l'absence même de concrétisation, la garce reproduit à l'infini chez l'homme-cible l'exaltation des débuts. Et ça, tous les accros des garces le disent. Avec une garce, c'est aussi « passionné » et aussi fort après des années que dans les premiers jours. Il n'y a pas d'effet de tassement. En un sens, on pourrait dire que l'homme dépendant de sa garce est très vite plus shooté au manque lui-même, à la souffrance que celui-ci génère, que shooté au plaisir qu'elle lui donne. Car l'état de manque, ces « creux » à la fois plus fréquents et plus durables, est toujours annonciateur du « trip » suivant. Sans aller jusqu'à prétendre que le *garce addict* aime ces périodes de creux, on pourra dire qu'il s'y habitue, que cela fait partie du cycle alternatif normal (et hormonal) dans ces montagnes russes qu'elle lui impose.

Il suffit de voir comme il est décontenancé, et pour tout dire pas très heureux, quand soudainement elle tempère son comportement, et ne le balade plus d'un extrême à l'autre.

Les périodes de récompense étant brèves et d'intensité variable, les moments de manque constituent la seule constante, la seule bouée à laquelle se raccrocher. Comme chez le toxicomane qui n'aurait pas assez de moyens pour se payer ses « doses », le manque est presque son meilleur ami (en même temps que son pire cauchemar), l'instant où il se sent le plus « vivant »... à défaut de pouvoir s'offrir et maîtriser les moyens d'en sortir.

C'est cette étonnante addiction à la douleur du manque qui rend le piège « chimique » de la garce si implacable. Comment sortir en effet d'une dépendance quand vous êtes accro d'un objet donné... mais aussi de son absence ?

Pourquoi les garces sont-elles de « meilleurs coups » ?

Devinez dans quelles circonstances on retrouve une production anormalement élevée d'ocytocine dans l'organisme ? Allez, devinez ! Durant l'accouchement, oui, on l'a déjà dit.

Mais à quel autre moment, riche en émotions lui aussi ? Un instant certes très fugace, mais qui réunit hommes et femmes ? L'orgasme bien sûr ! C'est la libération d'ocytocine dans le sang, aux effets « flash » d'une durée maximale de 3 ou 4 minutes, qui est à l'origine de notre plaisir, tant féminin que masculin. Eh oui, c'est le même principe chimique qui fait jouir les deux sexes !

Or, on a vu que la quantité d'ocytocine produite était directement conditionnée par l'intensité des messages olfactifs et phéromonaux. Et comme il est fort à parier – sans qu'on puisse encore le démontrer de manière certaine, en l'état de la recherche – que la garce émet des messages phéromonaux spécifiques et d'une intensité toute particulière, on comprend que l'orgasme ainsi généré puisse atteindre lui aussi un niveau inhabituel.

Mais si on ne s'en tenait qu'à cela, on en viendrait vite à la conclusion suivante : les garces sont de « bons coups » pour tous les hommes, dans toutes les circonstances, des sortes de déesses du sexe capables d'emmener n'importe quel partenaire sur des sommets de jouissance, jusque-là inconnus. Ce n'est évidemment pas le cas. Vous savez comme moi qu'il ne saurait y avoir d'absolu en matière de sexualité, et que telle femme, qui apparaît particulièrement désirable et douée aux yeux d'un homme, ne sera qu'une godiche froide et maladroite pour un autre. Alors, comment peut-on expliquer que la garce apparaisse à son seul homme comme une bombe sexuelle et une source de plaisir ineffable ?

À écouter le récit d'hommes « engarcés », il est … utre
élément récurrent qui a retenu mon attention. I…
dans tous les témoignages, ou presque, comme …
d'évidence : l'odeur. « Dès que je pouvais, je sniff…
vêtements », m'a ainsi confié Christophe. « Ça la …
térique, mais c'était plus fort que moi, je ne pou…

passer, j'en avais besoin. » Et si l'on a tous connu un jour ou l'autre ce petit fétichisme ordinaire qui consiste à fixer notre désir de l'autre sur ses attributs odorants, il semble prendre chez les « hommes à garce » un relief hors du commun. J'en veux pour preuve que, bien souvent, cette adoration ne s'attache pas aux parfums artificiels, ces odeurs qu'on surajoute aux odeurs corporelles, mais bien aux fragrances naturelles. J'ai même rencontré un homme qui avait fixé sa dépendance olfactive au parfum intime de sa garce. Pas facile à avouer, tant ces odeurs-là font l'objet d'un tabou tenace, et pas évident non plus à assouvir comme besoin...

Or on sait de manière certaine que nos odeurs corporelles, *a fortiori* intimes, constituent une signature unique. Aucune autre femme n'a exactement la même odeur que votre garce préférée. Des études sur la composition de la flore vaginale, et en particulier les bacilles de Doderlein – ces bactéries qui déterminent l'acidité des sécrétions intimes –, ont prouvé que chaque femme exhalait une fragrance sans équivalent. Seules deux femmes de la même lignée génétique (par exemple, une mère et sa fille) peuvent produire des parfums approchants.

En un sens, et comme il est rare d'avoir des relations avec deux femmes apparentées (sœurs, mère et fille, etc.), chaque femme aurait donc un code olfactif bien précis que seuls quelques hommes seraient en mesure d'apprécier à sa juste valeur.

Ces « chieuses » dont leurs hommes adorent l'odeur ne seraient-elles pas tout simplement des femmes à 100 % compatibles avec eux, génétiquement parlant ? Ce désir irrépressible de les culbuter à tout moment ne serait-il pas seulement le signe d'un désir de procréer dans les règles de l'art ?

L'hypothèse est intéressante et rejoint en partie des recherches effectuées sur les gènes HLA. Responsables de la détection de certains corps étrangers dans l'organisme, et donc éléments clés du système immunitaire, ces gènes seraient d'autant plus efficaces qu'ils seraient mélangés au sein d'une population donnée. En clair, plus ces gènes seraient semblables chez deux individus (un homme et une femme), et moins leurs enfants communs seraient efficacement protégés. Plus les gènes HLA sont différents chez les deux parents, et plus le système de détection serait efficace. Cela étant établi, des expériences ont montré que chacun d'entre nous est capable de reconnaître et de choisir instinctivement un partenaire « optimal » (dont les gènes HLA sont les plus différents des siens propres)... à son odeur corporelle naturelle. Celle-ci serait donc porteuse d'un message de compatibilité génétique.

Dans ce cas, pourquoi manipuler leur homme de la sorte ? Leur odeur devrait constituer un piège assez efficace pour ne pas avoir à déployer de telles stratégies de conquête et d'aliénation... non ?

Cette dernière question m'inspire la DERNIÈRE HYPOTHÈSE FARFELUE de ce chapitre, qui mêle chimie, psychologie, gènes et intuitions en vrac à 2 centimes d'euro. Accrochez vos ceintures !

Nous avons vu dans les chapitres précédents que la « garcitude » était un réflexe de défense, un moyen pour des femmes fragilisées de contrôler les hommes qu'elles acceptent dans leur intimité. Or, il semblerait par ailleurs que ne viennent à elles que les hommes naturellement et génétiquement compatibles avec elles. Peut-on alors imaginer que les garces soient des femmes au génome rare, que leur compatibilité génétique hasardeuse incite à développer un système psychologique de captation et de fixation des candidats adéquats ? La « garcitude » serait donc une sorte de *back up*, un système de sécurité secondaire pour les assister dans la recherche et la fixation des hommes compatibles. Nous y voilà : il y aurait donc un gène de la garce ! La garce serait programmée pour l'être, forcée à manipuler pour se reproduire, elle-même victime de sa singularité génétique ?

Chapitre 8
Le club des « engarcés »

Je préfère vous le dire tout de suite pour être honnête avec vous : ce club n'existe pas. Quitte à vous décevoir, j'ajouterai même que je doute fort qu'il puisse jamais exister. Dommage, mais à peu près inéluctable. Être sous la coupe d'une garce isole, je l'ai déjà dit et le répète. Si être garce est un sacerdoce, être le jouet d'une telle femme n'est pas moins prenant et exclusif. C'est d'ailleurs l'un des principaux vecteurs de contrôle de la garce : vous couper du monde, des autres, devenir votre seul horizon, « ma seulllle raison de viiiivre, ma seulllle raison d'aimer », comme chantait France Gall.

Alors les autres, vous pensez bien que l'« engarcé » s'en tape pas mal, quand il est à 100 % immergé, phagocyté, que dis-je ? digéré par sa garce. Tout ce qui n'est pas elle l'en éloigne ; tous ceux qui ne sont pas sa garce diluent ses effets et sont donc vite considérés comme des parenthèses superflues et indésirables. S'il supporte encore ses collègues ou son patron, c'est uniquement parce que le travail qu'il produit en leur compagnie lui permettra d'assurer le train de vie exigé par sa garce. D'ailleurs, s'il a l'occasion de travailler avec elle, il n'hésitera pas un instant, il plongera la tête la première, et donnera à celle-ci une occasion en or de resserrer un peu plus son étau. On observe d'ailleurs une proportion supérieure à la moyenne de garces dans les professions libérales, chez les artisans et les commerçants qui travaillent en couple. La relative précarité de ces emplois, difficile à supporter pour la garce, cette angoissée chronique, est largement compensée par l'emprise totale que cette situation lui donne sur son conjoint.

Comme le chanteur Renaud formait une « bande de jeunes à [lui] tout seul », l'« engarcé » est un club composé de lui, lui et encore lui. L'intensité et la variété des états affectifs que lui fait traverser en permanence sa garce suffisent largement à combler son existence. C'est d'ailleurs une caractéristique commune des « engarcés » : ils se consacrent tant et si bien à leur femme qu'ils n'ont pour eux que bien peu de temps disponible. L'« engarcé » a un agenda de ministre où il ne reste plus une minute pour ses loisirs. Arnaud, un dingue de littérature et d'écriture, m'a avoué « ne pas avoir écrit une seule ligne » pendant les cinq années de relations avec Babeth, sa garce première classe. « Ah c'est sûr, ce qu'on vivait tous les deux me donnait un sacré matériau, mais je n'ai jamais eu le temps de l'exploiter ! »

Les réactions de l'entourage

Que vous soyez fraîchement « engarcé » ou que la perspective de l'être vous tente, il est une chose à laquelle il faut vous préparer également, c'est la réaction de votre entourage. Car si tomber sous le joug d'une garce coupe du monde extérieur, cet isolement doit autant à votre soudaine indisponibilité qu'à la façon qu'ont vos proches d'appréhender la situation. Et, autant vous affranchir dès maintenant : dans l'ensemble, ils réagissent très mal.

L'« engarcement » d'un homme est rarement accueilli par des *bravi* et autres youyous berbères. Cela va plutôt de la consternation aux regrets éternels. L'homme « engarcé » est en quelque sorte perdu pour la cause. On en parle volontiers comme d'un disparu, un membre de la famille qui aurait décidé de rompre avec les autres pour une obscure histoire d'héritage... On en parle au passé. De temps à autre, on cherche à avoir de ses nouvelles, mais sans attendre plus de réponse que lors d'une séance de Oui-Ja. Il est devenu un ectoplasme, l'ombre de lui-même, et, qui plus est, une ombre qu'on n'a pas vraiment plaisir à voir...

Dans cette belle unanimité à condamner l'« engarcé » (et à travers lui sa garce, cela va sans dire), j'ai néanmoins perçu quelques motifs différents. Selon le statut, le rôle familial ou social qu'a la personne en question par rapport à l'« engarcé », cela peut donc prendre diverses formes.

Le censeur

Non seulement il a du mal à admettre que cet homme qui est son ami ait pu céder au chant de sirène de la garce, mais il jure bien qu'on ne l'y prendra pas. Il est presque trop véhément, trop prompt à dénoncer la garce pour être véritablement honnête. Il sera sourd aux arguments de son ami quand celui-ci cherchera à justifier son « engarcement ». Le plus souvent, après une période où il s'insurge, il tourne purement et simplement le dos à son ami « engarcé ».

Le moqueur

Tout ça, ça le fait bien rire. Comment peut-on se laisser prendre à un piège aussi grossier ? pense-t-il et dit-il à l'« engarcé ». Il y voit un jeu puéril. Mais, de l'amusement, il passera au désintérêt, puis à la distance. Comment rester ami avec un homme assez crétin pour supporter une telle pantalonnade, franchement ?

L'angéliste

Il ou elle ne veut rien voir. La nouvelle compagne de son ami est un peu bizarre ? Et bien, après tout, pourquoi pas, cet ami a toujours eu des goûts particuliers. Et puis est-elle si sauvage, si cassante, si spéciale qu'on veut bien le dire, cette « garce » ? Et si son ami l'a choisie, elle, c'est qu'elle doit bien avoir certaines qualités, que diable ! Paradoxalement, c'est son aveuglement qui peut être un facteur de fidélité à l'égard de l'ami « engarcé ».

Le vacciné

Il ou elle a déjà connu ça, qu'il/elle en ait été la victime ou le spectateur direct. Il/elle a donc tout de suite identifié qu'il s'agissait d'une garce, et que son ami était perdu. Mais là où le censeur va tenter de sauver le pauvre hère, le vacciné va prendre ses jambes à son cou. On ne sait jamais, des fois que ce soit contagieux...

Le jaloux ou la jalouse

Le jaloux envie son ami de vivre des instants si passionnés, denses, tumultueux, quand il ronronne lui-même dans un couple trop pépère à son goût. En vertu de quoi il va s'imaginer (parfois à raison) que son ami vit des instants de rare bonheur sexuel. La jalouse, elle, regrettera de ne pas avoir elle aussi un tel ascendant sur les hommes. Ou peut-être même sur cet homme bien précis.

Le curieux

Il déplore la situation mais, sans pour autant qu'il la jalouse, elle le fascine. Il se tient à distance, mais il est preneur de toutes les informations les plus croustillantes sur le sujet. Il en fait ses choux gras. Comment peut-on vivre comme cela ? C'est une question qui le taraude et à laquelle il n'a de cesse de répondre... en vain !

Le consterné

C'est peu dire que la situation de son ami « engarcé » l'affecte. Pas la peine de lui vanter les mérites de la garce ; il n'y voit pour sa part qu'une calamité, un piège dans lequel son ami s'est fourré et dont il ne voit pas l'issue. Il se sent aussi désolé que démuni, bien incapable de conseiller son ami ou de briser par l'action ce lien qui attache l'« engarcé » à sa créature.

Il reste peu de place à l'indifférence dans ce panorama. Derrière ce dépit bien partagé, on ne trouve que des réactions vives, épidermiques. Mais pourquoi tant de haine, comme dirait l'autre ? Pourquoi cette désolation collective ? C'est son choix, après tout, c'est sa vie. Si c'est une garce qu'il lui faut, qui sont-ils, après tout, ces empêcheurs de « garcer » en rond, pour juger de la sorte une relation qui leur échappe ?

À quoi peut bien les renvoyer la garce (et l'« engarcé ») pour qu'ils réagissent ainsi ? À quelle part douloureuse et inavouable d'eux-mêmes ? Chacun a sans doute ses raisons, évidemment inconscientes. Mais je ne peux m'empêcher d'y voir aussi les effets – pour ne pas dire les méfaits – du triomphe de l'Amour avec un grand A. Un amour codifié, standardisé, pétrifié dans ses impératifs d'équité, d'innocuité et de juste réciprocité. « On va s'aimer », chantait Gilbert Montagné. On n'en est plus là, maintenant IL FAUT s'aimer, l'époque le veut, l'époque l'exige. L'amour ne s'est jamais autant proclamé, professé, étalé à la moindre occasion. Allez annoncer aujourd'hui, à votre entourage, que vous allez faire un mariage de raison : on vous prendra pour un fou, alors que c'était la règle, socialement admise, il y a encore quelques dizaines d'années. Désormais, le mariage ne peut plus être qu'un mariage d'amour. L'amour, ce petit sentiment policé, doucereux et béat... qui ne dure souvent pas plus longtemps que les fleurs du bouquet de la mariée.

Sentent-ils confusément, au fond d'eux-mêmes, qu'ils ont sacrifié au nouveau dieu Amour ce qu'il y avait en eux de plus violent, de plus sauvage, et pour tout dire de plus beau ? Réalisent-ils enfin que leurs relations un peu tièdes, leurs consensus mous et sans envergure n'en sont que plus immédiatement condamnés ? Qu'à tant courir après le « confort », on perd dans le même temps et la durée et l'intensité ? Regrettent-ils leur choix ?

Je le pense. En partie, tout au moins...

Si vous tombez dans les rets d'une garce, soyez magnanime. Ne jugez pas trop sévèrement ceux qui vous condamnent et qui s'éloignent. Mettez-vous un instant à leur place. Car tout le monde n'a pas la chance, au cours de sa vie, de vivre un moment dans l'arc électrique d'une garce. Tout le monde ne gravit pas de tels sommets et sans oxygène. Surtout, lorsque vous regarderez en bas, ne riez pas de les voir si petits...

La charte du club

Habituellement, quand des individus partagent une communauté d'idées ou de situation, ils aiment à se retrouver, à partager sur le sujet qui les réunit, à échanger leurs témoignages, qu'il s'agisse de leurs triomphes ou de leurs galères. Les groupes d'écoute et d'entraide, sur le modèle des célèbres Alcooliques anonymes, fonctionnent tous sur ce même principe. Et le plus souvent, ça marche assez bien. Dans le très savoureux *Pour un garçon* (de Paul et Chris Weitz), on peut même voir un homme (interprété par Hugh Grant) se faire accueillir à bras ouverts dans un groupe de mères célibataires – vous avez bien lu, de mères ! –, et ce, uniquement parce qu'il prétend élever seul son fils âgé de deux ans. C'est dire ce que l'on est prêt à tolérer chez les autres, dès lors qu'on reconnaît en eux un petit bout de nous-mêmes.

Pas les « engarcés ». Les « engarcés » ne s'assument pas. Les « engarcés » se cachent. Rien ne leur fait plus horreur, *a priori*, que de se retrouver avec certains de leurs congénères. Moins socialement admis que les alcoolos, moins connus que les toxicos, plus dangereux aux yeux de leurs contemporains que les dingues de la glisse ou du Keno, les « engarcés » sont des psychodépendants à qui l'on nie le droit à l'expression, le droit à la visibilité, le droit de s'assumer comme tels.

Eh bien, au risque de vous surprendre, je vous dirai « Tant mieux ! ». Car les « engarcés » n'ont pas à s'excuser, ils n'ont pas à faire amende honorable d'être ce qu'ils sont et d'aimer comme ils aiment. Rappelez-vous le titre de l'introduction de ce livre : « Malades... et fiers de l'être ! » Je ne saurais mieux dire. Voilà ce que les « engarcés » doivent être : malades et fiers de l'être. Et s'il leur est difficile d'afficher leur état devant un public non initié, je pense malgré tout qu'ils gagneraient à rompre leur solitude, aussi contradictoire cela soit-il avec les règles que leur impose leur garce. Ne parlons même pas de club, parlons plutôt de société secrète. Voire de réseau informel.

Et si c'était cela, la bonne idée ? Et s'il existait – par exemple, sur Internet – un réseau d'« engarcés » anonymes, une sorte de gigantesque blog d'amoureux des garces, où ceux-ci pourraient partager leurs émois et leurs difficultés ? Je lance donc le principe. À voir comment et sur qui il retombera.

En attendant l'avènement de magarce.com (garces.com et garce.com sont déjà déposés, vous pensez bien que j'ai essayé !), voici une première pierre, sous la forme d'une Charte des « engarcés ». À vous de vous en emparer, de l'améliorer, de l'amender autant qu'il vous plaira. Souvenez-vous juste qu'elle n'a d'autre but que de vous aider à vivre dignement votre vie d'accro des garces. Comme tout cet ouvrage, elle n'a d'autre ambition que de vous rendre un peu plus indulgent avec vous-même.

CHARTE DES « ENGARCÉS »

Article 1 – Toujours ta garce tu adoreras

Enfin jusqu'à ce qu'elle te jette ou que tu n'en puisses plus. Mais chaque jour passé auprès d'une garce est une bataille que tu gagnes, ne l'oublie pas.

Article 2 – Toujours à ta garce tu obéiras

Ne te perds pas dans une vaine rébellion, admets ta défaite, goûte le plaisir du vaincu qui n'a plus qu'à suivre sa coupable inclination.

Article 3 – Toujours ta garce tu défendras

N'admets pas les critiques, tourne, toi aussi, le dos aux censeurs, aux moralisateurs, à tous ceux qui veulent te détourner de ta folle... et de ta folie.

Article 4 – Être « engarcé » tu nieras

Pour vivre en bonne dysharmonie avec ta garce, tu dissimuleras la véritable nature de votre relation. Personne ne devra savoir.

Article 5 – Les autres « engarcés » tu soutiendras

Face aux hordes intolérantes de l'amour avec un grand A, tu feras front commun avec tes frères « engarcés ». Tu te montreras solidaire des autres « engarcés », poursuivis pour leurs convictions.

Article 6 – Pour ta garce tu souffriras

Attendu que c'est dans ta souffrance et dans ton humiliation qu'elle prendra toute sa dimension, tu accepteras avec bonheur les épreuves qu'elle t'imposera.

Article 7 – Pour ta garce tu t'engageras

Tu prendras tous les risques possibles et imaginables pour lui prouver que tu la suis dans sa folie.

Article 8 – Pour ta garce tu renieras
Tu n'hésiteras pas un instant à renier et dénoncer tout ce – et tous ceux – qui faisai(en)t auparavant partie de ta vie. Ta vie, désormais, c'est elle et rien qu'elle.

Article 9 – Pour ta garce tu renonceras
Il n'y aura désormais pour toi d'autre forme de sublimation, sur cette terre, que dans les instants vécus avec elle. Oublie l'art, oublie l'expression, oublie la création. Les instants que vous passerez ensemble seront ton chef-d'œuvre.

Article 10 – Sans ta garce tu dépériras
Hors d'elle, point de plaisir. Tu ne sauras donc t'amuser ou t'épanouir sans elle. Il n'y aura pour toi plus grande souffrance que de te voir soustrait aux traitements qu'elle t'inflige.

Trois jeux pour « engarcés »

Si la pression constante exercée par la garce sur son homme est la sève de leur relation, il peut être bon, de temps à autre – point trop n'en faut –, que l'« engarcé » la libère quelque peu. Il n'en sera que mieux disposé, l'instant suivant, à jouer la partition habituelle qu'on lui impose.

Et quoi de mieux, pour lâcher la pression, que le jeu ? Quel meilleur moyen, confronté à un phénomène tel que la garce, que s'autoriser une petite dose de dérision ? À cet effet, je vous propose trois petits jeux, à faire seul ou entre « engarcés ». Inutile de vous préciser qu'ils doivent se pratiquer à l'insu de votre garce, sous peine de représailles...

À vos marques, prêt, « garcez » !

Avec la complicité d'un autre « engarcé », mettez vos deux garces en présence. Comme je l'ai déjà dit, rencontrer des inconnus, qui plus est des femmes et *a fortiori* une congénère, a naturellement tendance à inhiber la garce. Le jeu consistera donc à parier sur celle des deux qui manifestera la première (à l'égard de son homme) une exigence ou une exaspération caractéristique de la garce.

Scrabble truqué

Insistez auprès de votre garce pour faire avec elle une innocente partie de Scrabble. Vous aurez pris la peine, au préalable, de truquer le jeu en ajoutant un nombre plus grand de lettres permettant de former le mot « garce ». Lorsque votre tour arrive, essayez le plus souvent possible, dans la limite des lettres que vous avez tirées, de composer ce mot sur le plateau. En principe, elle ne devrait pas goûter la plaisanterie, et devrait vous le faire payer... comme une vraie garce !

Hall de garce

Puisque la garce est « désactivée » (en partie seulement) par la présence de tiers qu'elle ne contrôle pas, organisez à son insu une journée où vous ne serez jamais seuls. Vous sortez faire des courses et vous tombez – oh, surprise ! – sur des collègues à vous qui vous invitent pour un apéro impromptu. Plus tard, c'est l'un de vos amis que vous croisez et qui vous invite à aller au cinéma avec lui. Enfin rentrés chez vous, des amis de vos enfants débarquent, etc.

CHAPITRE 9
UN HOMME PEUT-IL APPRIVOISER SA GARCE ?

Si vous m'avez un tant soit peu suivi dans mon voyage au pays de la garce, la réponse ne vous est pas étrangère : non, en principe non. La garce ne s'apprivoise pas plus qu'elle ne se corrige. Prétendre domestiquer sa garce, c'est vouloir dresser un alligator. Au mieux on l'enferme, on le contraint, mais jamais on n'en fera un gentil toutou.

De ce point de vue, l'homme qu'elle a pris pour cible apparaît comme le plus mal placé pour tenter la moindre manœuvre. Plus l'homme « engarcé » se rebelle et plus l'étau se resserre. Pour rester dans l'univers des reptiles, disons que la garce est un boa constrictor. Chercher à se débattre est sans issue. À la moindre alerte, au moindre mouvement, les replis qu'elle a noués autour de sa proie ne demandent qu'à se serrer plus encore. Rappelez-vous, c'est le cœur même de son système : le contrôle et la double contrainte.

Pourtant, la garce a ses failles. Je vous sens un peu déçu. La garce n'est-elle pas un système parfait, un bloc de granit inaltérable, une sorte de monolithe noir tout droit sorti de *2001 : l'odyssée de l'espace* ? Elle n'en est pas loin, c'est certain, mais elle n'en est pas moins humaine. Toute garce a donc généralement dans son entourage une ou deux personnes (jamais plus) qui possèdent sur elle une sorte d'autorité morale. Un ascendant inexplicable. Ce sont les seuls individus à qui elle manifeste une forme de respect, les seuls qu'elle écoute, aussi. Elle a beau se rebeller parfois, les envoyer paître à leur tour, elle reviendra toujours s'y ressourcer. Ce peut être un père, une grand-mère, un vieil ami... dans tous les cas quelqu'un qui n'est pas sous la coupe de son système, et qui ne la juge pas pour autant. Quelqu'un qui incarne pour elle la stabilité. Souvent un homme ou une femme plus âgé(e) qu'elle, dont elle admire le statut, le parcours ou tout simplement l'intelligence.

Par moments, si elle ne craint pas de violents retours, cette personne peut être un facteur modérateur. Elle peut brièvement ouvrir les yeux de la garce sur les traitements qu'elle inflige à ses proches. La garce se fait alors petite fille prise en faute, toute contrite. Mais cet état qui lui ressemble si peu ne dure jamais bien longtemps. À peine a-t-elle repris sa liberté qu'elle repart de plus belle.

Le judo pour les garces

Livré à lui-même, l'homme « engarcé » a donc bien peu de solutions pour rendre vivable le tête-à-tête avec sa garce. On a vu qu'à trop se débattre il ne fait que resserrer un peu plus les liens qui le contraignent. On sait aussi qu'il ne veut pas perdre ce doux poison distillé par la garce, et dont il est devenu accro. Alors, comment atténuer la forme sans pour autant altérer le fond ? Est-il possible d'infléchir légèrement les actions de la garce sans lui ôter, ce faisant, cette énergie qu'on aime tant ?

Je vous propose à cet effet une technique qui a fait ses preuves. N'en attendez pas pour autant des miracles. Mais elle est la seule qui, dans certaines conditions, peut réaliser l'exploit de juguler sa garce. C'est un peu pompeux, mais je l'ai appelé le « judo pour les garces ». Son fonctionnement est simple. Il repose, comme son nom l'indique, sur le principe même de cet art martial séculaire : utiliser l'énergie de son partenaire pour le faire chuter.

Avez-vous déjà été spectateur d'un combat de judo ? Au premier coup d'œil, on ne voit que deux mastodontes suant et soufflant, qui s'agrippent par le col, le dos courbé. Le plus fatigué des deux tombe le premier. À mieux y regarder, on comprend que ce n'est pas ça. Généralement, ce n'est pas le plus fatigué qui tombe le premier, mais le plus fonceur. Il perd patience, se rue sur son adversaire, et celui-ci utilise l'énergie de son agresseur pour le faire tomber. Il efface son propre corps, l'inscrit dans le mouvement du fonceur, et l'entraîne ainsi dans une chute inéluctable. Le fonceur se retrouve alors dans la position du pousseur de porte ouverte. On comprend tous intuitivement qu'à se précipiter sur un objet qui ne présente plus aucune résistance, on se retrouve par terre. Le judoka malin ne procède pas autrement. Il se rend aussi fuyant et aussi peu résistant que la porte ouverte. Le fonceur y entre tête baissée.

L'image est assez claire, je pense. La garce est un judoka fonceur. À vous de vous mettre dans la position du judoka malin, celui qui utilise la force et la pression de la garce pour l'entraîner malgré elle « vers le sol ». Comment ça ? Exactement comme au judo : au lieu de résister, de vous insurger, ou d'obtempérer mollement, soyez encore plus servile que d'habitude. Mieux, vous pouvez anticiper ses demandes, prévenir ses exigences (à peu près toujours les mêmes).

Plutôt que de discourir longuement sur l'art du judo, voici plutôt quelques exemples concrets. J'ai repris certaines actions types de la garce pour envisager quelle « prise » (comme on dit dans ce sport magnifique) l'« engarcé » doit adopter. Attention cependant ! Ne forcez pas les effets. Car la garce doit avoir le sentiment de garder le dessus. Si elle perd la face, elle entrera dans une fureur qui vous fera passer l'envie de fouler les tatamis, croyez-moi !

– **L'exigence simple** : faites-en trois tonnes ! L'idée, derrière tout ça, est que votre garce se sente dépassée par les événements. Elle pourra difficilement se plaindre, puisqu'elle a obtenu ce qu'elle voulait, mais en excédant de loin ses attentes vous lui faites en partie perdre le contrôle de la situation. Elle vous demande de passer la prendre à son club de gym alors que vous avez rendez-vous avec un ami à la même heure ? Venez la chercher, les bras chargés de roses... et avec votre ami à l'arrière de la voiture. En clair, prenez-la à son propre jeu et surprenez-la.

– **L'exigence « lourde »** : pas facile dans ce cas d'en rajouter, car vous risquez alors de vous retrouver engagé bien au-delà de ce que vous souhaitez ou de ce que vous pouvez supporter. Si donc elle insiste lourdement pour que vous vous mariiez, montrez-vous plus exigeant encore, mais de manière que cela devienne totalement irréalisable. Elle vous harcèle pour que vous la demandiez en mariage ? Faites-le, mais sans omettre de préciser que pour vous un mariage ne peut pas se concevoir sans inviter cinq cents personnes, etc. Bref, amplifiez là aussi l'exigence en la décalant sur un terrain à la fois inattaquable (pression familiale, croyances religieuses, etc.) et où vous êtes à peu près certain qu'elle ne pourra vous suivre.

– **L'agression** : elle passe ses nerfs sur vous ? Elle vous traite de tous les noms et vous accable de reproches d'un ton peu amène ? Ne criez pas ! Ne contestez pas ! Admettez vos « fautes », en en rajoutant même quelques-unes. La victime n'excite son bourreau que lorsqu'elle bouge un peu, lorsqu'elle se rebelle. Si vous êtes aussi réactif qu'une nouille, si vous allez même jusqu'à anticiper ses griefs, vous éteignez le foyer même de sa colère.

– **La double contrainte** : pas facile à manœuvrer, car c'est le piège affectif par excellence. Le principe même de la double contrainte c'est que, quel que soit le sens pris par votre réaction, vous aurez tout faux. La solution consiste donc à proposer une troisième voie, qui satisfasse par ailleurs l'exigence induite. Par exemple, elle vous prépare constamment des plats contenant un aliment auquel vous êtes allergique (elle le sait pertinemment), et vous fait une scène parce que vous ne les mangez pas. Dénichez les mêmes plats ou les mêmes ingrédients mais sans la molécule à laquelle vous êtes allergique (par exemple, du lait sans lactose) et présentez-les-lui comme LA solution : elle pourra continuer à préparer ses plats préférés, et vous, vous en mangerez de bon cœur !

– **L'humiliation** : elle prend un malin plaisir à vous rabaisser devant un tiers ? Profitez de l'occasion et faites preuve de votre sens de l'autodérision. Elle insiste par exemple lourdement sur votre incapacité à réparer telle ou telle chose ? Embrayez sur une anecdote où vous vous mettez en scène et qui démontre que vous êtes encore moins doué qu'elle le prétend, une sorte de catastrophe ambulante. Si c'est fait avec humour, l'humiliation sera désamorcée et vous sortirez vainqueur de la situation (vous aurez fait rire).

– **La compulsion** : non seulement vous allez la pousser à plus d'excès encore, mais vous allez l'accompagner. Elle mange comme quatre ? Mangez comme douze ! Elle dépense une fortune en fringues en quelques minutes, montrez-lui que non seulement cela ne vous choque pas, mais qu'en plus vous êtes capable de faire pire !

L'autre solution consiste à ne pas vous insurger lorsqu'elle manifeste un tel comportement, mais au contraire à faire comme si cela était l'expression même de la normalité. Voire de la rappeler à ses devoirs de compulsion : « Eh bien, ma chérie, tu ne reprends pas un cinquième dessert ? Que t'arrive-t-il, tu es malade ? »

Sortir du système de la garce

Mais parfois on n'en peut plus de faire du judo, on en a ras-le-bol de devoir négocier en permanence avec son *ego* mis plus bas que terre. On est accro, certes, mais on rêve de se désintoxiquer et de fonctionner à la camomille jusqu'à la fin de ses jours. Peu importe si tout ce qui suivra doit être fade, si tout doit avoir une allure de photocopie et un goût de carton bouilli. Il peut se faire que l'« engarcé » arrive tout bonnement à saturation. Sans doute parce qu'il a eu affaire à un modèle de garce un rien excessif (voir les différents profils de garce dans l'interlude, p. 131). Sans doute aussi parce qu'il n'a pas su pratiquer avec elle, dès le début de leur relation, un judo assez efficace pour pondérer ses effets délétères. Réduit en compote, à tous points de vue essoré, il n'a plus qu'un souhait : sortir de là... ou se jeter par la fenêtre.

C'est regrettable, mais cela arrive. Car le système de la garce est fragile. Ce déséquilibre-équilibre tient à un fil. Parfois même – fait rarissime – c'est la garce qui se lasse. Parce qu'elle a trouvé une cible plus facile ou plus « juteuse » encore.

Est-il si souhaitable de sortir de ce système ? Et surtout, est-ce si facile de « rompre » avec une garce, et plus encore avec son système ? Est-ce seulement possible ? Peut-on sortir volontairement du système de la garce, comme ça, un beau matin, comme on sort de chez soi ? Car c'est bien de chez soi dont il s'agit. Quitter une garce, ce n'est pas juste quitter une femme, c'est abandonner un paquet de raisons de vivre, c'est renoncer à tout ce qui tenait votre vie debout. C'est surtout s'inventer bien vite quelques motifs alternatifs, si l'on ne veut pas s'écrouler comme une poupée vidée de sa substance.

Dans tous les cas, ne vous attendez pas à une séparation facile, une de ces ruptures de « bons copains » qui s'enverront des cartes postales. Cela risque d'être long, lourd et violent. Il y aura d'ailleurs probablement des hoquets. Vous craquerez, vous reviendrez vers elle un temps, une fois, deux fois, dix fois... On ne se désintoxique pas d'une drogue dure avec deux cachets. Croyez-moi, je suis passé par là. Les pilules miracles m'ont été d'un faible secours. Anesthésié par l'un de ces traitements, je suis même revenu encore plus docilement vers ma garce...

Ce n'est donc pas vraiment une méthode pour « décrocher » de votre garce que je vous donnerai ici. Cela est impossible. Une telle méthode n'existe pas. Ce que je peux vous indiquer, en revanche, ce sont les grands « leviers » qu'il vous faudra actionner pour avoir une chance (une chance, vraiment ?) de vous soustraire à son emprise. Si vous ne combinez pas les cinq éléments ci-dessous, je vous le dis tout de suite, rien ni personne ne saura vous détacher de votre garce. Alors, que cela soit pour le meilleur... ou pour le pire...

Prendre de la distance

Impossible de se détacher d'une garce quand on demeure dans sa proximité. Non seulement il ne faut plus la voir quotidiennement, mais il faut également mettre assez de distance entre elle et vous pour ne pas succomber à la tentation permanente de prendre le premier métro pour la revoir. Dans la mesure du possible, mettez donc le plus grand nombre de kilomètres entre elle et vous. On a déjà vu des « engarcés » traverser des océans à la nage – j'exagère à peine – pour revenir dans le giron de leur garce. Le dealer le mieux approvisionné au monde est un petit joueur à côté d'elle !

Fermer les écoutilles

Vous devez être éloigné, mais aussi et surtout être injoignable. Rien ne sert de partir à l'autre bout du monde si elle peut vous relancer constamment sur votre portable ou par e-mail. Changez donc préventivement tous les points de contacts qu'elle connaît et auxquels elle pourrait tenter de vous joindre : adresses e-mail, numéros de téléphone fixe et mobile, *pager*, adresse ou boîte postale, etc.

Cela ne suffira pas toujours. D'où la nécessité de prendre du champ. Car ne doutez pas que si elle ne parvient pas à vous joindre par tous les moyens disponibles, elle n'hésitera pas un instant à venir vous voir en personne, quand bien même cela cadre mal avec son caractère fier et orgueilleux. Plus encore qu'un affront, lâcher la proie qui lui convient est pour elle un drame. Croyez-la donc capable de tout (ou presque) pour conserver cette emprise qu'elle a sur vous.

Rester ferme

Si par accident elle parvenait malgré tout à prendre contact avec vous, elle ne manquerait pas de vous proposer de la revoir dans un délai très bref. Elle aurait d'ailleurs, pour ce faire, des arguments auxquels vous auriez du mal à résister : détresse, chose importante qu'elle ne peut vous dire que de vive voix, etc. Dans tous les cas, que ce soit de manière explicite ou induite, elle n'hésitera pas à reformuler cette fameuse promesse initiale (voir le chapitre 2) qui avait si bien fonctionné en son temps.

Si vous êtes bel et bien décidé à couper les ponts, vous allez donc devoir faire preuve d'une ténacité héroïque. Ne cédez ni à la plainte, ni aux pleurs, ni aux promesses et encore moins au chantage. Rappelez-vous que votre garce a placé en vous des ancrages sensoriels forts (un détail physique, une expression du visage, sa peau, son parfum, etc.). Si vous parvenez encore à résister à distance, il en ira tout autrement si vous devez la rencontrer physiquement. Il est donc impératif de refuser ces entrevues, même si (et surtout si) elle prend un prétexte anodin (invitation à aller au cinéma « en copains », etc.).

Arracher les racines

Une fois les mesures d'urgence prises, il va falloir effectuer un travail en profondeur. Car une fois encore, ce n'est pas tout à fait par hasard si votre garce vous a choisi, vous. Vous aviez une vraie tête de vainqueur, avec votre trop-plein d'amour à donner et vos idéaux de passion fusionnelle en bandoulière. Il faut désormais comprendre ce qui, dans votre propre parcours, dans votre histoire psycho-affective, vous a prédisposé à rencontrer une telle personne, et surtout à plonger aussi loin et aussi longtemps dans son fameux système. Car tous les hommes n'entrent pas dans la « combine ». Certains, peu nombreux, sont assez armés pour résister. Alors pourquoi avez-vous été assez ballot pour vous y jeter bille en tête ?

Les réponses à ces questions, soyez-en sûr, personne ne va vous les apporter sur un plateau. C'est à vous d'aller les puiser en vous-même. L'effet miroir d'un psychothérapeute peut néanmoins vous aider dans cette exploration. Personnellement, il m'aura fallu près de deux ans de suivi, à raison d'une à deux fois par semaine, pour comprendre ce qui m'avait conduit là.

Se donner de nouveaux objectifs

Ce point est au moins aussi important que le précédent. Il n'est pas rare d'ailleurs que ces nouveaux objectifs apparaissent au cours du travail que vous effectuez sur vous-même. Il ne s'agit pas d'objectifs d'ordre affectif (rencontrer une fille qui soit plus... qui soit moins...), bien au contraire. Ces objectifs doivent dessiner pour vous un modèle de réalisation hors des relations de couple. Pour votre travail, votre carrière, dans vos loisirs, avec vos amis ou encore vos enfants, que voulez-vous vraiment ? N'est-ce pas le moment d'oser ce changement professionnel dont vous rêvez depuis si longtemps ? Ou celui de reprendre les pinceaux, la guitare ou encore la cuisine ?

Est-il envisageable de soigner une garce ?

Il y a les malins, ceux qui prennent leurs jambes à leur cou, et puis ceux qui sont si attachés à leur garce qu'ils rêvent de conserver cette énergie incroyable, tout en pondérant ses effets. Ceux-là rêvent non pas de réformer leur garce, ou d'éviter ses banderilles, mais bien de la « soigner » si tant est qu'elle nous apparaît, elle aussi, comme une grande malade.

Si l'on revient au profil clinique de la garce – dont nous avons vu ensemble qu'il était apparenté à l'état dit « limite » ou *borderline* – tenter de la soigner semble un processus long, délicat, douloureux... et bien souvent voué à l'échec.

De deux choses l'une. Soit votre garce change radicalement de comportement après un traitement (de type Prozac) destiné à le « lisser », accompagné par un suivi psychologique plus ou moins intensif... et vous pouvez en conclure que vous n'aviez pas affaire à une vraie garce. Soit votre garce l'est bel et bien, et il faudra plus qu'un bavardage à 100 euros la séance et quelques comprimés pour éradiquer le mal qui se tapit en elle. Les garces sont reconnues en effet pour opposer une résistance particulièrement coriace aux diverses techniques de psychothérapie. Elles sont d'autant plus difficiles à gérer et à prendre en charge qu'elles présentent généralement une intégration sociale acceptable (travail, relations, pas de casier judiciaire, etc.), offrant tous les aspects de la « normalité », du point de vue psychiatrique. On a déjà vu à ce propos que leurs troubles s'exprimaient principalement dans la sphère de l'intime (famille, conjoint, enfants, etc.).

En outre, la pathologie de l'état limite – et par extension des véritables garces – reposant principalement sur des mécanismes de défense dans un cadre relationnel, et donc de manipulation, il est assez fréquent de voir de telles personnes « jouer le jeu » de la thérapie dans le cadre des séances, tout en conservant par ailleurs un comportement limite avéré. Rappelons que sans être des menteuses congénitales, les garces savent très bien « faire semblant » quand les circonstances le réclament.

En moyenne, ces sujets manifestent les premiers symptômes au cours de l'adolescence. Ils connaissent un pic de dysfonctionnement vers trente ans et, s'ils sont suivis dès le début de l'âge adulte (vers vingt ans), on estime que la pathologie peut perdurer en moyenne une vingtaine d'années avant qu'on puisse observer une véritable amélioration de l'état (dans 80 % des cas environ) [1]. Une rechute se produit néanmoins fréquemment autour de la quarantaine.

Vingt ans de soins, pas de garantie de guérison et un risque réel de rechute… voilà ce que l'« engarcé » doit pouvoir supporter, s'il décide de s'embarquer dans un tel processus aux côtés de sa garce. Et encore, à condition qu'il ait réussi à convaincre sa diablesse de la nécessité de se traiter !

Enfin, les études spécialisées sur ces états limites ne rendent compte d'aucun cas de rédemption spontanée. En clair, une garce ne se « dégarcifie » jamais toute seule ! Il peut arri-

1. K. Rannou-Dubas et B. Gohier, *Les États limites : aspects cliniques et psychopathologiques ou les Limites dans tous leurs états, op. cit.*

ver qu'un choc (la perte d'un proche : par exemple, l'un des fameux sujets « référents » de son entourage) ait un effet salutaire de « prise de conscience », que la garce ne supporte plus elle-même la souffrance et l'isolement dans lesquels la plongent ses mécanismes automatiques de défense. Mais cette révélation ne suffira pas si elle n'est pas accompagnée d'un travail thérapeutique sérieux. Au contraire, elle risque d'induire une sorte de souffrance au carré, une douleur consciente de sa douleur, qui pourra se radicaliser plus encore dans son expression à l'égard de son entourage.

Si elle n'est pas prise en charge, il y a donc fort à parier que la garce finira sa vie seule, après avoir épuisé tous les « engarcés » potentiels. Si elle ne parvient pas à pondérer assez son système pour fixer un homme à ses côtés, un « engarcé » blindé qui sache survivre à son contact, elle ne pourra plus appliquer ses tours et ses simagrées... qu'à elle-même !

Toutefois, les témoignages de certains compagnons de garces âgées semblent recouper l'observation clinique évoquée plus haut. Après quarante ou cinquante ans, la majorité des garces tendent à s'amortir. Certes, elles n'en perdent pas pour autant leur pugnacité naturelle, mais à force d'être répétés inlassablement, leurs « tours » se font moins efficaces, ou tout simplement moins méchants.

Et puis la garce a perdu de sa superbe, aussi. Et Dieu sait que cet aspect des choses compte, dans son dispositif. Si une femme de trente ans a quelques arguments pour promettre une vie exaltante à son homme, la promesse n'est plus aussi belle – ni aussi crédible – passé la cinquantaine... L'équilibre fragile entre promesses et avanies finit par pencher du mauvais côté de la balance. Il devient dès lors plus facile pour l'« engarcé » de quitter ce navire qui fonce droit vers l'iceberg.

Le seul véritable frein à la garce, mes amis, c'est le temps. Rien que le temps...

CHAPITRE 10
VOS QUESTIONS SUR LES GARCES – MES RÉPONSES

La garce est-elle fondamentalement une menteuse ?

Contrairement à une idée reçue, la garce n'est une menteuse ni par essence ni par jeu ou par plaisir. Elle ne ment que dans le strict cadre de son système (voir le chapitre 2), et donc pour parvenir à ses fins de manipulation. Mentir est pour elle un outil, et non un but en soi. Dans certains cas, le mensonge jure même à ses yeux avec l'éthique de sa « garcitude ». Elle met alors un point d'honneur à dire la vérité, ce qui constitue parfois l'attitude la plus désarmante vis-à-vis de son partenaire masculin. On croit qu'elle ment ? Non ce n'est pas possible, elle ne peut pas être sincère en disant ça ? Eh si, le pire c'est qu'elle dit bel et bien la vérité !

À noter que certains spécimens, assez rares, s'abîment dans une sorte de mythomanie (facile à repérer). En plaçant la situation et ceux qui l'entourent dans son monde imaginaire, elle pense pouvoir en effet les contrôler plus facilement encore.

Par ailleurs, elle est elle-même allergique à toute forme de dissimulation et de mensonge. Elle exige de son homme « engarcé » une transparence de chaque instant. Difficile pour ce dernier de mettre en défaut un esprit aussi aiguisé et aussi habitué à déjouer les stratagèmes. Le seul moyen de tromper sa vigilance est de se montrer aussi parfaitement soumis qu'elle l'attend. Les accès de rébellion risquent en effet de lui mettre la puce à l'oreille.

La garce est-elle naturellement plus infidèle que les autres femmes ?

Là aussi, il faut en finir avec ce vieux fantasme masculin de la garce vue comme une amazone. Non, la garce ne collectionne pas nécessairement les conquêtes. Je vous renvoie au chapitre 1 pour le *distinguo* savant entre garce, salope et autres.

Si elle a de nombreux amants au cours de sa vie, c'est tout simplement parce qu'elle teste autant d'hommes qu'il le faut pour trouver ses proies idéales. Une fois qu'elle en tient un, il est assez rare qu'elle le trompe. Toute concentrée sur le tissage de sa toile, elle n'a ni le temps ni l'envie d'aller voir ailleurs.

Comme le mensonge, le sexe n'est qu'un instrument pour les garces. On a même pu voir, dans la définition des personnalités *borderline*, que ces femmes avaient généralement une libido assez faible, enfouie, amputée par un traumatisme enfantin. Au fond, ces garces qui savent si bien jouer de la séduction sont des leurres, sexuellement parlant. Et si les hommes apprécient tant leur compagnie dans un lit, c'est plus par la magie de la tension érotique qu'ils y apportent eux-mêmes, que grâce aux qualités intrinsèques des garces. Pour une garce, le sexe n'est bon et souhaitable que dans la mesure où il permet de nouer ou de maintenir son emprise sur un homme bien défini. Si elle le trompe, ce sera à coup sûr pour exciter son « engarcé », et non pour assouvir un quelconque besoin.

Les garces le sont-elles avec les autres femmes ?

Au risque de vous surprendre, je dirai non. Tout en m'empressant d'apporter un bémol à cette réponse inattendue. Je vous vois déjà vous récrier derrière votre livre : « Mais c'est n'importe quoi ! Une garce est garce tout le temps, avec tout le monde ! » C'est en partie vrai, mais en partie seulement.

En effet, nous avons vu que la garce cherchait avant tout à contrôler le monde qui l'entoure pour pallier un sentiment chronique d'insécurité. Son système de manipulation, constitué à cet effet, peut donc en principe s'appliquer à toute personne qui la côtoie. Or la garce fonctionne par cercles relationnels concentriques. Seul le cercle des intimes (parents, enfants, conjoint) se voit confronté au système dans son ensemble. Dès que l'on sort de ce premier cercle, le besoin de contrôle de la garce est moindre, et son système affaibli. À des étrangers complets, la garce peut même apparaître comme une femme timide, sauvage, voire assez affable ou douce comme un agneau. Elle ne se montrera alors sous son véritable jour (de garce) que par accès, comme un réflexe de défense si elle se sent soudainement en danger.

Je sais que c'est assez difficile à admettre, mais la garce a bien un objet principal. Tout ce qui en sort l'intéresse moins. Ce n'est donc pas qu'elle est mieux disposée à l'égard des cercles relationnels suivants, c'est juste qu'elle s'économise. Rien ne sert de dilapider ainsi son énergie à contrôler des individus qui, de toute façon, ne s'approcheront jamais très près d'elle. Ainsi, les conventions sociales ou encore les règles de la vie en entreprise lui serviront le plus souvent de garde-fou. Ils la dispenseront de se comporter en garce avec, par exemple, ses collègues, les commerçants qu'elle croise ou les parents des camarades de classe de ses enfants.

Toutes les femmes côtoyant les garces sont-elles pour autant à l'abri ? Évidemment non, ce serait trop facile. Si une femme appartient au premier cercle (fille, mère), ou si elle entrave la bonne marche de sa manipulation « principale » – généralement celle de son conjoint –, on peut être sûr que la garce montrera les dents et ne fera qu'une bouchée de l'obstacle.

Les garces le sont-elles entre elles ?

Les garces ne le sont entre elles que par ricochet. Une garce ne s'en prend jamais à une autre pour le seul plaisir de la confrontation. Il faut que cette dernière se dresse sur son chemin, ou que la première en ait l'impression, pour qu'elle cherche à lui appliquer sa méthode. Non, les garces ne sont pas non plus ces chipies, ces harpies qui auraient pour occupation principale de se crêper le chignon.

D'ailleurs, nous venons de voir que la garce véritable apprécie assez peu les univers féminins. Pour les raisons évoquées plus haut, elle a généralement peu d'amies. Soit elle les tient à distance, soit elle les dévore. L'entre-deux pacifique est une position impossible à tenir, pour elle comme pour les femmes concernées.

Oh, il y a toujours quelques blanches colombes que la garce fascine et qui, comme des parasites sur le dos d'une baleine, traînent quelque temps dans son sillage. Mais ça ne dure jamais très longtemps. Il n'y a pas plus périssable que la « meilleure amie » d'une garce.

Les seuls combats de garce envisageables surviennent quand deux d'entre elles en viennent à cibler un seul et même homme. Mais le cas est rare. La garce prépare le terrain, mène son enquête et privilégie toujours un homme disponible.

Dois-je redouter qu'une garce s'en prenne à mon homme ?

En principe non. Je le répète : la garce ne recherche pas la difficulté, bien au contraire. L'homme qu'elle cible est le plus souvent disponible. La difficulté supérieure que représente un homme marié ou en couple n'est pas faite pour l'exciter, contrairement à ce que l'on peut croire. La garce s'attaque en priorité à des proies faciles, dont la conquête lui évite justement ce type de compétition. La concurrence a plutôt tendance à l'inhiber. Elle ne sera capable de tels duels que si, par extraordinaire, « son » homme lui est ravi par une autre femme.

Enfin, la garce en couple est déjà si occupée à maltraiter l'homme sur lequel elle a jeté son dévolu qu'il lui reste bien peu de temps et d'énergie pour les autres.

Existe-t-il des garces au masculin ?

Certains le prétendent. Personnellement, je suis plus sceptique. Je pense vous avoir démontré de manière assez convaincante – du moins, je l'espère –, au cours de cet ouvrage, que la garce est au contraire une figure aboutie et extrême de la féminité. Je vois donc mal un homme développer les mêmes stratégies de manipulation. Un homme acculé par ses angoisses et ses difficultés relationnelles aura plutôt tendance à radicaliser son comportement, soit par le repli complet sur soi, soit au contraire par une forme d'agressivité beaucoup plus directe et explosive que celle manifestée par la garce. Quant aux hommes manipulateurs – il en existe, c'est un fait –, leur système ne repose pas comme chez la garce sur un chantage affectif permanent, mais plutôt sur des pièges logiques à la fois plus performants mais aussi plus faciles à mettre au jour et à déjouer.

On pourra aussi être troublé, et induit en erreur, par le comportement d'apparence « garce » de certains homosexuels. Ne vous y laissez pas prendre ; ces emprunts à la féminité dans ses manifestations les plus paroxystiques ne sont qu'un déguisement, comme le gay aime jouer à la diva ou à l'excentrique. La garce est un habit « surféminin » qu'il aime tout simplement revêtir.

Les garces sont-elles jalouses ?

Follement, mais de manière très ciblée... et surtout paradoxale, ce qui ne vous étonnera pas. Nous avons vu ensemble, en effet, à quel point elles aimaient tout à la fois mettre le feu aux poudres (en donnant à leur homme des occasions de mettre sa jalousie à l'épreuve) et reprocher vertement le moindre écart, même minime.

En cela, la garce est la quintessence de la jalouse perverse, qui joue sans cesse avec le feu, soufflant chaud et froid en permanence, autant juge implacable que vile tentatrice.

Tout cela, aussi violent soit-il, n'est évidemment qu'un jeu, toujours au service de son plan d'ensemble. Car au fond, s'il y a une femme qui a sur son homme une emprise interdisant tout motif sérieux de jalousie fondée, c'est bien elle.

Les garces sont-elles de bonnes mères ?

Sans les accabler, il faut bien avouer que ce n'est pas leur point fort. En premier lieu parce que leur système les accapare tant qu'elles ont peu de temps à consacrer à leur progéniture. Ensuite parce que leur « garcitude » leur fait constamment reconsidérer le statut de leurs proches, en qualité d'ami ou d'ennemi. D'où des crises cycliques d'affection fusionnelle ou de rejet pur et simple. Leurs enfants eux-mêmes deviennent, d'un instant à l'autre, de petits monstres insupportables ou les plus belles choses de la terre. Mais ils ne sont jamais considérés pour ce qu'ils sont vraiment, c'est-à-dire de simples enfants...

Enfin, leurs sautes d'humeur fréquentes, leur fragilité, leur instabilité affective chronique, tout cela les rend souvent assez peu capables d'offrir aux enfants la quiétude et la permanence de soin et d'attention qu'ils réclament. Elles peuvent en particulier être très négligentes à leur égard sur des points aussi élémentaires que la nourriture, les soins médicaux ou le suivi scolaire.

Les garces peuvent-elles être amoureuses ?

Excellente question. La réponse est oui, bien sûr, même les garces peuvent tomber amoureuses. Mais tout le drame de ces drôles de femmes, c'est qu'elles ne seront jamais capables d'identifier ce sentiment de manière claire. Il leur est impossible de le démêler de cette bouillie qu'elles ont en elles et qui les meut chaque jour. Leur système est si profondément ancré en elles que même si une garce s'amourache sincèrement d'un homme, il y a fort à parier qu'elle le fera passer comme les autres à la moulinette de sa petite manipulation ordinaire. C'est plus fort qu'elle. Ce n'est pas un manque de sincérité, c'est juste une incapacité chronique à considérer autrui autrement que comme un ennemi à neutraliser. Même croque-dingue d'un garçon, elle ne parviendra pas à baisser sa garde. Jamais elle ne se livrera. Jamais elle n'acceptera de se laisser elle-même porter et prendre en charge par lui, ne serait-ce qu'un peu. La confiance est une notion qui lui est totalement étrangère. Et sans confiance... peut-on sérieusement parler d'amour ?

Peut-on prendre une garce à son propre jeu ?

C'est quasiment impossible. La garce est prudente et méfiante. Si elle comprend que vous cherchez à retourner son système à votre propre avantage, soit elle adaptera sa stratégie – elle sera par exemple capable, un temps, de mimer une sincérité qui aura raison de vous –, soit elle se retirera d'elle-même de ce jeu dans lequel elle n'aura plus rien à espérer.

Nous avons vu au chapitre précédent qu'il n'y a rien de plus dangereux que de chercher à manipuler une manipulatrice (telle que la garce) en usant des mêmes armes qu'elle.

Les garces sont-elles vénales ?

La plupart le sont, c'est un fait. La plupart ciblent des hommes au compte en banque plus avantageux que la moyenne et, dans tous les cas, mettent un point d'honneur à mettre celui-ci à leur service exclusif. Mais c'est moins par amour de l'argent lui-même, ou des plaisirs qu'il offre, que parce que toucher au portefeuille de ces messieurs est un sujet – on le sait – ô combien tabou.

Les garces frappent là où ça fait mal, là où le mâle est facilement blessé dans son orgueil, affaibli, fragilisé, bref là où il est sensible : argent, virilité, réussite sociale... Partout où il place son *ego*, la garce cherche tout à la fois à capter sa part de réussite et à l'humilier. Ce que son homme-cible gagne, ce qu'il est en mesure de lui offrir ne sera évidemment jamais assez, jamais assez beau, et jamais consenti avec assez de sourires et de spontanéité. Avec un radin notoire, la garce se régale ! Il sera si facile de le faire culpabiliser sur son vilain défaut...

Les garces sont-elles brillantes ?

Elles ne manquent pas d'intelligence, c'est indéniable. Il en faut pour monter de tels stratagèmes et mener ainsi tout son petit monde en permanence !

Elles ont souvent le sens de l'observation, possèdent une mémoire très puissante et très précise, ont un esprit d'analyse et de déduction parfois hors du commun... autant de qualités qu'elles mettent dans certains cas au service d'études assez brillantes.

Mais le paradoxe intime de la garce, son combat intérieur pour le moins tragique, c'est qu'elle met l'essentiel de ses dons au service prioritaire de son système, son grand œuvre : la « garcitude ». Une grande partie de ses capacités et de son énergie y passe. D'où ce visage frivole ou dilettante qu'elle offre bien souvent. La garce donne l'impression de ne pas faire grand-chose de son temps, de se reposer sur ses acquis, de pêcher par un étrange manque d'ambition, comme si elle « manipulait à vide », comme si elle manipulait pour le seul plaisir de manipuler et non pas dans le but d'atteindre des objectifs personnels bien précis (c'est en cela qu'elle diffère de bien des hommes manipulateurs, ambitieux par essence). La garce est généralement incapable de la moindre création suivie. La garce véritable est rarement une artiste ou une intellectuelle de haut rang. Car son chef-d'œuvre à elle ne peut pas s'écrire, se jouer ou se peindre, son chef-d'œuvre à elle, c'est son quotidien.

Est-on plus garces sous certaines latitudes ?

À défaut d'une étude complète sur la question, rien ne permet de l'affirmer. Il semble en effet que la « garcitude » soit largement partagée dans toutes les cultures, races, religions... Nous avons vu que l'émergence du féminisme dans les sociétés occidentales du XXe siècle a donné aux garces une visibilité inédite, mais on peut sans crainte supposer que d'autres époques et d'autres lieux ont permis une éclosion comparable. Il semble, par exemple, que la bourgeoisie et la noblesse françaises de la fin du XVIIe et du XVIIIe siècles aient offert aux femmes dites « de caractère » un climat très propice à l'expression de leurs désirs et de leurs caprices. Mais cela ne concernait sans doute qu'une frange très étroite de la population.

Ce qui nous fait dire que la « garcitude » est moins une question de climat ou d'époque que de milieu social. La garce semble avoir besoin d'un confort minimum pour s'exprimer. Ce n'est pas un hasard si Madame Bovary est une figure typiquement bourgeoise. L'ouvrière laborieuse du XIXe siècle est rarement représentée sous les traits d'une garce. La précarité est l'ennemi de la garce. La garce n'exprime sa « garcitude » que lorsqu'elle n'a pas à craindre pour sa survie immédiate. Elle peut alors reporter tout à loisir ses angoisses sur son entourage (et non plus sur la recherche de sa pitance). Repue, elle peut aller plus loin dans le contrôle et l'asservissement de son environnement.

Ainsi, l'embourgeoisement généralisé de nos sociétés a probablement été un terreau particulièrement riche et favorable à la floraison de garces que nous observons aujourd'hui.

C'est pourquoi aussi on peut imaginer que des pays moins favorisés que le nôtre connaissent un « taux de garces » sensiblement plus faible. Hasard ou coïncidence ? Ces mêmes pays sont aussi le plus souvent des régions où le poids du patriarcat traditionnel écrase encore nettement les débats. Les femmes ont moins droit au chapitre qu'ici. C'est la seconde condition *sine qua non* à la gestation des garces : la liberté de parole et de décision. Ce qui explique pourquoi les garces ont rarement été à la fête dans les régimes totalitaires. Mais là encore, partout où dans le monde, la démocratie avance... les garces progressent aussi !

Les garces font-elles de bons personnages de roman ?

Et comment ! De *Manon Lescaut* (de l'abbé Prévost) à Mme de Merteuil (dans *Les Liaisons dangereuses* de Choderlos de Laclos), de *Nana* (Zola), de Milady (dans *Les Trois Mousquetaires* d'Alexandre Dumas) *aux Diaboliques* (de Barbey d'Aurevilly), ce ne sont pas les figures de garces qui manquent dans la littérature.

Par le seul fait qu'elles manipulent et qu'elles intriguent, les garces sont chargées d'un parfum de mystère qui inspire tout particulièrement les écrivains. Avec les garces, il y a un suspens presque inhérent à leur personnage. Que veulent-elles vraiment ? Quel but poursuivent-elles ? Autant victimes que bourreaux, elles sont douées en outre d'une complexité, d'une épaisseur psychologique passionnantes, qui autorisent tous les rebondissements.

Elles évitent enfin les clichés de contes de fées sur la jeune femme douce et bienveillante. La garce est le prototype même du personnage féminin moderne, pas gnangnan, qui vient fouetter le sang des personnages masculins juste ce qu'il faut, et leur apporter une saine contradiction.

Les blondes sont-elles plus garces que les brunes ?

D'où me sortez-vous un aussi abominable cliché ? Bon, pour votre défense, il faut rappeler que les femmes blondes attirent plus volontiers le regard des hommes – c'est prouvé ! On peut donc supposer que ces femmes plus visibles suscitent aussi plus de désir, mais aussi plus de rancœur de la part de ceux qui se font éconduire. D'où sans doute une réputation (usurpée) de garces que se font certaines d'entre elles : « blondes = allumeuses + vachardes » dans l'esprit de nombreux hommes. Au-delà de ce fait de société, il est impossible de décréter s'il y a plus de blondes que de brunes ou de rousses chez les garces.

Et si vous parvenez à établir un lien de cause à effet sérieux entre couleur de cheveux et « garcitude », adressez-moi le produit de vos recherches, ça m'intéresse !

Comment rencontrer une garce quand on n'en a pas ?

C'est bien joli tout ça. C'est sympa de nous présenter un éloge de la garce, de nous mettre l'eau à la bouche. Mais que faire quand on est convaincu des bienfaits de la garce... et qu'on n'a pas la chance d'en avoir une à la maison ?

Comment rencontrer une garce ? Comment en trouver une ? Existe-t-il des « spots » où les garces pullulent, comme des zones de pêche connues des seuls spécialistes et où il n'y a plus qu'à jeter ses filets et attendre ?

Je vais une fois encore vous décevoir, mais non. Et celui qui vous dira le contraire non seulement vous mentira, mais il vous prouvera par-dessus le marché qu'il n'a rien compris aux garces. Pas plus qu'elle ne se fabrique de toutes pièces, la garce ne se trouve. La garce peut être partout ou nulle part. La rechercher est le meilleur moyen de ne jamais tomber entre les mains d'une véritable garce. Ça, vous trouverez peut-être une petite peste ou une harpie de saison, qui ne demande qu'à vous empoisonner la vie quelques instants. Mais la garce authentique ne se laisse ni repérer ni aborder. Elle nage dans des grands fonds où il est impossible de la voir à l'œil nu. Et c'est tant mieux. Car pour avoir les effets qu'on attend d'elle, c'est la garce qui doit vous trouver et vous choisir. Je vous le rappelle : c'est VOUS la proie, et en aucun cas elle.

Le seul moyen d'attirer une garce véritable est d'appartenir à l'une des catégories d'hommes-cibles définies au chapitre 3. Mais jouer la comédie ne sera d'aucune utilité. La garce qui vous approchera le sentira dès les premières secondes. Pour attirer une garce, il faut vraiment être aussi vulnérable ou caricatural que ces hommes-là. Quand je vous disais que partager la vie d'une garce est un privilège...

Postlude

Ma garce : le contrôle technique des 1 000 jours

Mille jours, soit près de trois ans, c'est la durée moyenne d'une première relation avec une garce (selon mes statistiques toutes personnelles). Au-delà, il est temps de faire un bilan. Supportez-vous encore ? Êtes-vous constamment au bord du collapsus ? Votre garce a-t-elle fait de vous un légume pauvre et asocial ?

En quelques questions, je vous propose d'effectuer un rapide contrôle technique de votre garce préférée. En fonction du résultat, une action s'imposera d'elle-même. Enfin, si vous en êtes encore capable !

1. Votre garce tient-elle sa promesse initiale (quelle qu'elle soit), tout au moins qualitativement parlant (je ne parle pas de fréquence ou de quantité) ?

	Points
A. Oui	3
B. À peu près	2
C. Non	1

2. Votre garce exerce-t-elle toujours sur vous la même attraction physique ?

	Points
A. Oui	3
B. À peu près	2
C. Non	1

3. À combien de séparations (puis retrouvailles) votre garce vous a-t-elle soumis depuis le début de votre relation ?

	Points
A. Deux ou moins	3
B. Entre trois et cinq	2
C. Plus de cinq	1

4. Combien d'amis ou de proches votre garce vous a-t-elle fait perdre ?

	Points
A. Deux ou moins	3
B. Entre trois et cinq	2
C. Plus de cinq	1

5. Quelle influence la relation avec votre garce a-t-elle eue sur votre carrière ?

	Points
A. Faible	3
B. Mauvaise	2
C. Désastreuse	1

6. Au cours de vos disputes, votre garce s'en est-elle pris à vous physiquement de manière violente ?

	Points
A. Non	3
B. Oui, de manière occasionnelle	2
C. Oui, de manière régulière	1

7. Financièrement parlant, diriez-vous que la relation avec votre garce vous coûte ?

	Points
A. Un peu plus qu'une relation « normale »	3
B. Beaucoup plus qu'une relation « normale »	2
C. Une vraie fortune	1

8. Pour votre garce, avez-vous pris un engagement lourd que vous regrettez (ou risqueriez de regretter en cas de séparation) ?

	Points
A. Non	3
B. Non, mais j'ai failli et elle l'exige de moi	2
C. Oui, hélas	1

9. La relation avec votre garce vous a-t-elle conduit vous-même à consulter un psychothérapeute ou à suivre un traitement spécifique (anxiolytique, antidépresseur) ?

	Points
A. Non	3
B. Oui, de manière occasionnelle	2
C. Oui, de manière régulière	1

10. Si vous deviez définir, après presque trois ans, le sentiment qui domine en vous quand vous pensez à votre garce, vous diriez que c'est...

	Points
A. L'amour	**3**
B. La lassitude	**2**
C. La peur	**1**

Calculez le total des points obtenus et reportez-vous aux résultats ci-dessous. Dans tous les cas, et puisque c'est sur ces mots que nous nous quittons après cette traversée de la mer Garce, le capitaine vous souhaite bon vent... et du courage pour affronter les tempêtes !

De 20 à 30 points : Je m'accroche !

Votre garce est une garce, il n'y a pas de doute là-dessus. Mais finalement, est-ce si insupportable que cela ? Le jeu (la passion ?) n'en vaut-il pas la chandelle ? Vous voulez quoi exactement : œuf dur mayo à tous les repas... ou quelque chose d'un peu plus relevé ?

De 10 à 20 points : Je corrige !

Votre garce est une garce majeure, une garce « garcissimo », une garce comme on en fait plus beaucoup, vous pouvez me croire. Mais la fierté et l'honneur d'être la « chose » d'un tel phénomène ne vous consolent qu'à moitié. Rendez-vous donc au chapitre 9 de cet ouvrage pour envisager ce qui peut être fait... ou plutôt défait !

De 0 à 10 points : Je fuis !

Petit veinard ! On n'a pas deux fois dans sa vie l'occasion de tomber sur un tel phénomène. Alors faites des photos et prenez des notes, ça fera rire vos petits-enfants. La seule chose est que vos enfants, justement, il serait plus raisonnable d'envisager de les faire ailleurs. Alors prenez vos jambes à votre cou, et tenez bon (voir les conseils p. 161 *sqq*).

Composition réalisée par Nord Compo

Imprimé en Espagne par Liberduplex
Pour le compte des Éditions Marabout
D.L. n° 82277 – Février 2007
ISBN : 978-2-501-04974-0
40.9907.3/01